《美文》名家散文系列

青少版

寂寞里好读书

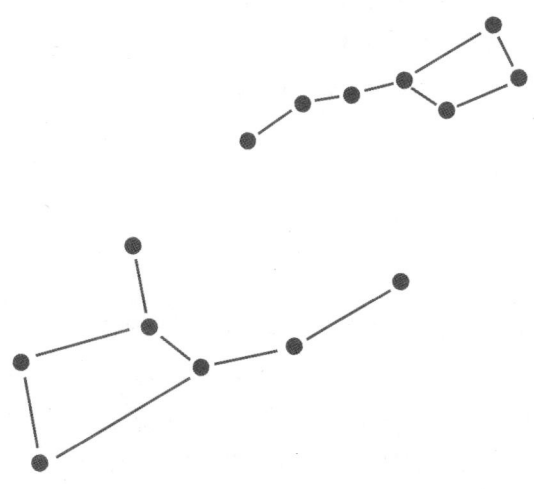

贾平凹/主编

铁凝 余华 迟子建/等著

长江出版传媒
长江文艺出版社

图书在版编目（CIP）数据

寂寞里好读书 / 铁凝等著. --武汉：长江文艺出版社，2022.12
（《美文》名家散文系列：青少版 / 贾平凹主编）
ISBN 978-7-5702-2416-6

Ⅰ.①寂… Ⅱ.①铁… Ⅲ.①散文集－中国－当代 Ⅳ.①I267

中国版本图书馆CIP数据核字(2021)第201640号

寂寞里好读书
JI MO LI HAO DU SHU

策　　划：穆　涛　王潇然	特约编辑：刘　云　程华松
责任编辑：李　艳　梅若冰	责任校对：毛季慧
封面设计：璞茜设计	责任印制：邱　莉　胡丽平

出版：长江出版传媒　长江文艺出版社
地址：武汉市雄楚大街268号　　邮编：430070
发行：长江文艺出版社
http://www.cjlap.com
印刷：武汉中科兴业印务有限公司

开本：700毫米×1000毫米　1/16　　印张：13.625　插页：1页
版次：2022年12月第1版　　2022年12月第1次印刷
字数：155千字

定价：34.00元

版权所有，盗版必究（举报电话：027—87679308　87679310）
（图书出现印装问题，本社负责调换）

目 录

第一辑　万里长城万里长

003　万里长城……余光中
006　西湖……蒋勋
018　似火冰心……周明
023　田埂溜溜……杨盛龙
028　我的第一份工作……余华
034　经验之外……穆涛

第二辑　漂泊的生命之旅

041　我有一个狮子军……贾平凹
045　向日葵……伍立杨

048　雨之集……车前子
052　人间笔记……于坚
058　笨花的黄昏……铁凝
067　时光……刘烈娃
072　放筏——漂泊的生命……鹿子
077　梦里说梦……张子良
082　我另外的一生已经开始（两篇）……刘亮程

第三辑　静看百年的孤独

093　北桥，北桥……陈忠实
099　汤因比的选择……余秋雨
111　悲壮的超越……卞毓方
117　静看鱼忙……李敬泽
128　高贵的汗血马……庞天舒
135　百年的孤独……陈彦

第四辑　历史是一条长河

141　丹青引……吴冠中
147　寂寞里好读书……龙莱

151　历史是一条河……葛水平

160　三张头等舱的机票……陈祖芬

164　手艺的黄昏……车前子

169　羊肉泡馍……阎纲

175　正月十五流水抄……潘向黎

第五辑　一滴水能活多久

185　一滴水能活多久……迟子建

188　"沉默学"导言……周国平

192　直面死亡……阿来

199　人畜共居的村庄……刘亮程

202　人间有味是清欢……楚楚

207　随谈……范小青

210　我不倾诉……蒋韵

第一辑

万里长城万里长

万里长城

余光中

那天下午,心情本来平平静静。后来收到元月 3 日的《时代周刊》,翻着翻着,忽然瞥见一张方方的图片,显示堪培拉和一票美国人站在万里长城上。像是给谁当胸捶了一拳,他定睛再看一遍。是长城。雉堞俨然,朴拙而宏美,那古老的建筑雄踞在万山脊上,蟠蟠蜿蜿,一直到天边。是长城,未随古代飞走的一条龙。

对区区一张照片,反应是那样的剧烈,他自己也感到很惊讶。万里长城又不是他的,至少,不是他一个人的。他是一个典型的南方人,生在江南,柔橹声中多水多桥的江南。他的脚底从未踏过江北的泥土,更别说见过长城。可是感觉里,长城是他的。几十年来,一直想抚摸想跪拜的一座遗产，忽然为一双陌生而自莽的脚捷足先登，他的愤怒里有妒恨，也有羞辱。

他有一股冲劲，要写封信慰问长城。一回头，太太的梳妆镜叫住了他。镜中出现了一个中年人，两个大陆的月色和一个岛上的云在他眼中，霜已经下下来，在耳边。大陆会认得这个人吗？二十年前告别大陆的，是一个黑发青睐的少年啊！

那位女职员接过信去，匆匆一瞥，然后忍住笑说："这怎么行？地名都没有。"

"那不是地名吗？"他指指正面。

"万里长城？就这四个大字？"她的眉毛扬得更高了。"告诉你，不行！连区号都没有一个，怎么投递呢？何况，根本没有这个地名。"

其他的女职员全围过来看。大家似笑非笑地打量着他。其中一位女职员忍不住念起来。

"万里长城：我爱你。哎呀，这算写的什么信嘛？笑死……这种情书我还是第一次看见。万里长城在哪里？"

"一封信，只有七个字。"另一位小姐说。"恐怕是世界上最短的信了吧？"

"才不！"他吼起来。"这是世界上最长的信。可惜你们不懂！"

他从人丛中夺门逃出来，把众多的笑声留在邮局里。

"你们不懂！"他回过身去，挥拳一吼。

在冷冷的雨中，他梦游一般步行回家。他走过陆桥。他越过铁路。他在周末的人群中挤过。前后左右，都是年底大减价的广告，向汹涌的人潮和市声儿售大都市二十世纪七十年代廉价的繁荣。人潮海啸而来，冲向这个公司那个餐厅，冲向车站和十字路口，只有他一人逆潮而泳，泳向万里长城。

顿然，他变成了一个幽灵，来自另一个世界的孤魂野鬼。没有人看见他。他也看不见汽车和行人。真的。他什么也看不见了，行人、汽车、广告、门牌、灯。市声全部哑去。他站在十字路口，居然没有撞到任何东西！他一个人，站在一个空城的中央。

"万里长城万里长，"黑黝黝的巷底隐隐传来熟悉的歌声。"长城外面是……"那声音低抑而且凄楚，分不清是从巷子底还是岁月的彼端传来。他谛听一会儿，脸颊像浸在薄薄的酸液里那样的噬痛。直到那歌声绕过迷宫似的斜街和曲巷，终于消失在莫名的远方。

于是市声一下子又将他拍醒。一下子全回来了，行人、汽车、广告、门牌、灯。

终于回到家里。桌上，犹摊开着的杂志。他谛视那幅图片，迷幻一般，久久不动，不知不觉，他把焦点推得至深至远。雉堞俨然，朴拙而宏美，那古老的建筑雄踞在万山脊上，蟠蟠蜿蜿，一直到天边。未随古代飞走的一条龙啊万里长城万里长。

而令他更惊讶的是，堪培拉不见了，那一票美国人怎么全不见了？长城上更无人影。真的是全不见了。正如从古到今，人来人往，马嘶马蹶，月缺月圆，万里长城长在那里。李陵出去，苏武回来，孟姜女哭，堪培拉笑，万里长城长在那里。

1972年2月1日深夜

西湖

蒋勋

在台湾长大,有机会能去西湖,大概是在台湾解严之后,已经靠近1988年了。

在这之前,几十年间,从青少年开始,读了很多关于西湖的诗,看了很多关于西湖的画,知道了很多关于西湖的故事,却一直不能亲身去西湖,不知不觉,已过了中年。

头脑里装了太多西湖历史典故,我与西湖已经不可能"素面"相见了。

风景一旦成了名胜,塞满太多古人、前人的记忆,往往也就是风景死亡的时刻吧。

名胜常常需要一次记忆的大遗忘，使名胜还原成原来的风景。

总成一梦

1990 年，绕道香港转机，第一次飞到了西湖。

那天是旧历除夕下午，天空密布着低低的云层，同行的 H 说：大概要下雪。

我忽然想起张岱在《陶庵梦忆》里有《湖心亭看雪》一段："雾凇沆砀，天与云，与山，与水，上下一白。"

天、云、山、水，上下一白，我会看到三百年前张岱看到过的那一天的"白"吗？

下了飞机，直接到西湖。投宿的酒店在孤山旁，地势较高。房间在西楼的七楼，是顶楼了。进了房间，打开窗户，一片轻雾细雪，迷离涌动流荡。

湖水很远，时隐时现。远远一痕起伏蜿蜒的山峰，若有若无，错错落落，随云岚流转变灭。

视觉一片空白，重重叠叠的白，重重叠叠的空，像宋瓷釉料开片的冰裂，不同层次的白，可以如此丰富。

"这是台北故宫夏圭那一卷《溪山清远》啊！"我心里慨叹着。是纸上大片空白里一缕淡如烟丝的墨痕，淡到不可见，淡到像是不确定是否存在过的回忆。

没想到，南宋人画卷里的心事，在这里看到了"真迹"。

为什么是那一年除夕傍晚到了西湖？

为什么是在读了许多西湖的文学、看了许多西湖的画之后，才来了西湖？

张岱写《西湖梦忆》的时候，明朝结束了，张岱披发入山，他已经失去了西湖。

"梦忆"里他举一例：有一仆役为主人担酒，一失足，摔碎了酒瓮，不知道怎么办，就咬自己手臂一口，心里想：这是梦吧？

"繁华靡丽，过眼皆空，总成一梦。"张岱的句子我是在青年时读的，过了20年，到了西湖，好像也要咬自己手臂一口，用肉体上的痛，告诉自己，这是真的。

约好五点出发游湖，走出饭店，到了湖边，一艘船也没有。想起这是除夕，船家也多回家过年了吧？

湖上一片空蒙，天空微微细雪，风里有腊梅清新沁鼻香气。

张开眼睛，看到雾、雪、水、天，弥漫的一片空白，闭起眼睛，空气里袭来梅花时断时续的香、皮肤上乍暖还寒的温度，听觉里不知何人荡桨，微微水波声，渐行渐近。

一个妇人的声音，在蒙蒙寒风细雪间询问："叫船吗？"

那舟上妇人的声音如此熟悉，不是第一次听到。

那是曾几何时渡过我的一条船吗？我咬一咬手臂。

"不回去过年吗？"上船坐定，妇人撑篙，一篙到底，船身慢慢离岸驶去。

"带完你们，就回家吃年夜饭。"妇人声音柔软，在风中如轻轻盈盈细雪纷飞消散。

"贵姓？"H问船家。

"姓付，付钱的付。"

没有听过这姓氏，想或许是"符"的简写，决定不再多问。

湖上没有船，空空荡荡的西湖，空空荡荡分不清界线的云、雾、水、雪，像面对一张还没有着墨的纸，一张空白的纸，素净空白，像最初的洪荒。

天地还没有分开，一片混沌，然而宇宙要从那空白里诞生了。

我好像听到一声凄怆撕裂的婴啼，从洪荒之初的寂静中爆炸，像是大喜悦，又像是大悲伤。像是繁华，又像是幻灭。

空白里的大爆炸，将出现什么样的风景？

细雪散了，云散了，雾散了，会有山峦起伏，会有流水潺湲，会有桃红柳绿，会有鸟啼花放。

如果初春三月来，晴日暖阳，会在西湖看到什么？

虫 二

20世纪90年代之后，两岸来往方便了，一年里好几次到西湖，四处乱走。

不同的季节，不同的时辰，不同的心境，西湖淡妆浓抹，果然有千百种面目。

春日是"苏堤春晓"的西湖，"柳浪闻莺"的西湖。

夏季是"曲院风荷"的西湖，"花港观鱼"的西湖。

入秋是"平湖秋月"的西湖，"三坛印月"的西湖。

黄昏时有"雷峰夕照"看晚霞的西湖，有"南屏晚钟"听净慈寺庙院钟声的西湖。

到了冬天，大雪纷飞，还剩下远远一痕"断桥残雪"的西湖。

"西湖十景",其实不是"景",而是时间,是岁月晨昏的记忆,我一一都到了现场,都看了,都知道了。

却不知道为什么,像发现丢失了贴身的什么对象。急急忙忙回头去找。走回原来的路,原来的长堤,原来的拱桥,桥上镌刻的字,字的凹痕,凹痕里斑驳的苔藓,都还一样,然而,却忘了回来要寻找什么。

初春破晓时分,走上苏堤,曙光微微亮起来,苏堤两三公里,千万朵灼灼桃华摇动的殷红,柳丝飞扬耀眼的新绿,千顷粼粼湖水波光。

我一个人,兀自站在一株桃树下发呆。

"发呆啊——"妇人笑着。一阵寒风,原来在湖心亭。

面前一石碑,妇人指着石碑上"虫二"两个字说:"乾隆在这里题了这两个字,考一考大臣。你们是读书人,知道什么意思。"

乾隆聪明,也爱卖弄聪明。大臣中不少人知道"虫二"是"风月无边","风月"二字,去了外边,就是"虫二"。但要讨好主子,都装不知道,解不开,让皇帝觉得开心,难倒了别人。

船家妇人大气,讲完就往前走,不在意答案。

我再来西湖,不是因为乾隆碑上的字,而是为了船家没有答案的故事。

春莺啭

有一次去西湖,是给浙江美院讲课,想到刚回国的李叔同也在这校园教书,写了"长亭外,古道边,芳草碧连天"的歌,心里不禁一阵酸楚。

一个学生告诉我:"校门外就是柳浪闻莺——"

我走出校门,在湖边的草地上躺了一个下午。

一条一条柔细的柳浪,在春天的风里翻覆飞扬,春天摇漾,这么柔软,像一条细细长丝。

躺久了,好像懵懵懂懂,似睡非睡,恍惚间满耳都是莺声,轻细的呢喃啁啾,也像初春蚕口刚吐出的新丝。

日本雅乐里还保存了唐代白明达写的"春莺啭"一曲,筚篥、龙笛、琵琶,合奏起来,像一片浩大的春光。

据说是唐玄宗午寐醒来,听到一片莺啼,下令乐工作曲,记下那一日春光里的莺声。

春日渐暖,要有一个午后,躺在西湖南岸柳荫吹拂的草地上午睡。要闭着眼睛,细听一片莺啼,声音如人世间一切微乎其微的琐碎唠叨。

要听到入睡,听到许多脚步声,来来去去。许多人来过,白居易来过,苏东坡来过,张岱来过,乾隆来过,李叔同来过,船家妇人来过,却一个个陆陆续续又都走远了。

脚步声来来去去,窸窸窣窣,也像一片春光柳浪里的莺声啊。

春天要过完了,走过苏小小的墓,走过林和靖的墓,知道来晚了,只能在墓前一拜。

端午在西湖,总会想起喝了雄黄酒的白蛇,熬耐不住酒在胸口涌动,要显出蛇的原型了。

炎热的风里,有一阵一阵曲院的酒气,混合着荷花的香。

"曲院"是南宋皇室官家酿酒的处所,夏季的风里飘浮酒香。

"粬院"四周满满围着荷田,溽热夏日,酒曲发酵蒸腾,渗杂在沉甸甸的风里,渗杂着荷叶荷花浓郁的香气。 花香、酒香,随风散在四处,让走过的游人醺醺然颠倒欲醉。

"曲院风荷"一景,不是景,是全部嗅觉的陶醉沉迷,要闭上眼睛才能感觉。

"曲(qū)院"被后人误读为"曲(qǔ)院",以为是在九曲桥上看风荷,嗅觉记忆被误为视觉,已失去了鼻腔里满满混合风荷的酒香原味。

修行五百年,幻化成女子的白蛇,也敌不过这样夏日浓郁芳烈的酒曲之香啊。

蜕去人形,蜕去女胎,酒的芳冽让蛇在人的身体底层蠕动,要显原型了。

西湖要过了夏日肉体的原欲蠢动,过了动物性本能的骚乱,才慢慢有入秋的宁静淡远。

一到西湖就看平湖秋月,没有历练春的妩媚,没有过夏日的纠缠执着,一头栽进空寂,或许还是遗憾吧。

张岱若不是先经历了"繁华靡丽",或许没有机会领悟最终的"过眼皆空"吧。

前尘影事

我意外走到西泠印社,一个青年站在湖边,拿了几锭墨在兜售。我把墨拿在手上看,长椭圆形,镌模是云龙的底,上面"黄山松烟"四个篆字。 掂在手上很轻,墨色已脱胶,不是新墨,已很有岁月了。

我问青年:"哪里制的墨?"

青年腼腆,轻声说:"家里旧藏的。"

"写书法吗？"我问。

他摇摇头。

总共没有几锭，我都买下了。

李叔同出家前，把所镌刻的印，封在西泠印社山石壁上，题了四个字"前尘影事"。

我怀里揣着新买的墨，在石壁上找那四个字。

那一年，李叔同39岁，在虎跑寺剃发，法号弘一。

我看过李叔同青年时在日本上野读美术时的照片，清俊逼人。也看过他在春柳剧社演戏剧照，反串"茶花女"，穿法国女装，妖娇妩媚，像春日灼灼桃花。

他在虎跑寺落发，多年服侍他的校工同行，看到佛殿地上遗落的头发，校工满眼是泪，就拿扫帚去扫。

弘一阻止了校工，他说："此后这事要我自己做了。"

虎跑寺在西湖外围，桂花极好。

秋分之后，西湖会有暑热过后的清凉，空气里开始流动着初初吐蕊的新桂的花香，但是，似乎都不及虎跑寺的素净清洁。

三坛印月

秋分以后，西湖的光取代了纷红骇绿的色彩。

秋天夜晚、西湖随处走走，满满一整湖都是月光，一整个天空也都是月光。

像是演完戏的李叔同，脱了假发，脱了戏服，卸了妆，落了发，只是回来做真实的自己了。

有一年为台湾的公视拍摄西湖，停留比较长的时间，苏堤、花港、风荷，都拍摄了，却在"三坛印月"卡住了。

我在船头，讲述三坛的故事。导演要求话讲完，船刚好绕三坛一圈，最后镜头停在我身后的三坛湖景。

我讲了十余次，船绕了十余次，镜头跟拍十余次，最后一刻，不知道为何，船头总是对不到三坛。

船夫紧张，怨气自己得很，他真心希望圆满，但他背对三坛，加上湖上的风时紧时缓，很难控制船身快慢。

我跟他说不是他的错，"抽支烟，休息一下……"

休息时，我跟船夫闲聊，说起苏东坡当初带老百姓疏浚西湖，修堤道，为的是水利，怕湖水漫溢，淹没良田，最后把挖出的淤泥堆成岛，岛上立三个石头坛塔，三公尺高，用来计水位高度。

"真的？"他不知道为什么好像忽然松了一口气，我拍拍他肩膀，两人大笑。另一艘船上掌镜的人听不见，都不知道我们笑什么，我说："再来一次——"

"三个石坛，每一个坛五个圆孔。夜里，坛心点灯，一个坛会有五个圆形的光。三个坛，15个圆孔的光。倒映水中，远远望去，一共30个圆圆的月亮。到了月圆晚上，加上天上的月亮，湖中的月亮，西湖就有了一共32个月亮。也有人说，应该是33个，再加上心里的一片明月。"

我讲完，船头正对三坛，镜头结束了，所有人鼓掌欢呼，我与船夫击掌大笑。

一千年来，许多人月圆之夜，刻意来西湖，特意找 33 个月亮。

明末张岱就已经警告，七月半，看不到月，只看到人头。

三坛印月，三十几个月圆的光华，印在水中，当然也只是心中的幻象而已。

"三坛"后来也被大众讹传为"三潭"，"三潭印月"听起来好像更有佛理哲思。

西湖风景，有时像东坡跟一千年来执着风雅的人开的一个玩笑。东坡自己也常执迷，但他懂得不时调侃嘲笑自己的执迷，所以可爱。

西湖风景使人如此流连执迷不悟，"三坛印月"，真真假假，却原来只是大胆开示了一夜月光的幻象，像一部《金刚经》。

我在净慈寺大殿门上看过弘一大师"具平等相"四字匾额，是我看过尺寸最大的弘一书法。无一点造作，演完戏，卸了妆，只是回来本分写字抄经了。

我为什么要知道这些？知道西湖一千年来的"靡丽繁华"，然而我的面前只是一片空白。真的是"过眼皆空"吗？

我咬一咬自己的手臂。

苏东坡修苏堤，的确是为了水利，堤修好了，解除水患，留了六个通水泄洪的桥洞，六座桥一一命了名。堤上间隔种了一株柳一株桃花，他或许没有预料，给此后一千年的西湖留下永恒的风景——苏堤春晓。

白居易来西湖，苏东坡来西湖，在当时都算是贬谪，从中央京城贬谪到偏远荒野。或许因为贬谪，看风景的心情就大不一样，"晴光潋滟"看到的西湖，东坡觉得好，当然，"山色空蒙"的西湖，他也觉得好。生命好像知道了进退，有了平常心，"具平等相"，也就有了看山看水的分寸。

西湖成为古代文人重要的功课，懂得眼前风景只是有缘，能有平等心看眼前色相，晴日或下雨就都是好的了。"回首向来萧瑟处，也无风雨也无晴"，东坡的好句子，都是他借风景做功课的笔记吧。

风景本来也是心事，心事太多，到西湖，却往往也看不到风景。

一次陪几位长辈游西湖，年长于我，他们的西湖典故当然更多。上了船，历历在目，说来说去，都是往事。

那是初春，天气阴晴不定，不多久湖上起风，船家收了布棚，抱歉地说："上面有安全顾虑，三级风就要收棚回航。"

长辈们当然扫兴，但也优雅，只是轻轻喟叹。

回行途中，开始飘春雨，点细如杨花纷飞，船家聪慧，看出宾客扫兴，在长风细雨的船头低吟长啸一句："山色空蒙雨亦奇啊——"

我总觉得东坡重来西湖，竟是投胎做了一名在湖上渡人的船夫。

断 桥

一年的西湖，从初春的苏堤春晓，看到入冬的断桥残雪，也恰恰是看了生命的繁华璀璨，到领悟最终的沉寂空幻吧。

"断桥"是白蛇与许仙告别的地方，白蛇腹痛待产，被法海天兵天将逼到绝路，走到断桥，人世情缘眼下都要断绝。从小跟母亲看这一段戏，白素贞白衣素服，在舞台上像一缕冰莹白雪。大段唱腔，一生的事，娓娓道来，真是凄婉。但似乎也知道情爱伤痛都要过去，春夏花红柳绿，也还是要入隆冬，处处残雪，只是一片白茫茫大地真干净。

我试了在西泠印社跟青年买的墨，墨色如轻烟，烟在水中散开，轻烟里一层层透明的光。

墨上镌了"黄山松烟"四字，但是现代人不容易理解"烟"的含义了。

烧了松木桐木，烟往上升，攀附在烟囱四周壁上。扫下这些烟，搜集起来，加胶、加麝香、制成一锭墨。

烟囱越顶上，烟的微粒越细，最细、最轻扬、飞到最顶端的烟，才是"顶烟"。

宋人最好的水墨，原是烟的渲染。郭熙的"早春"，米芾的大字"吴江舟中诗"，纸上绢上的墨，都如轻烟，迷离如一夜湖面上的光。

破

每到西湖，总惦记一件事，是第一次走到虎跑寺，庙的后方有弘一落发的草庵。一张竹床，一张草席。

我看到壁上悬挂一件灰布僧衣，上面补了又补，补了不下一百次。我细看每一处破口，每一片大小补丁，每一针脚，一件衣服，如此破旧褴褛，却有人的端庄华丽。想到弘一临终写的"悲欣交集"，想到他最后的句子"华枝春满，天心月圆"，都像在说西湖，我低头在僧衣前合十敬拜。

第二次去，僧衣不见了。草席竹床也不见了。原地修了豪华的弘一纪念馆，塑了真人大小的石像。

我心里一直惦记那件僧衣，不知它是否还在西湖哪个角落。

似火冰心

周明

　　我没有料到，冰心老人对她的福建祖籍长乐感情那么深厚！其实她本人是出生在福州，可她认为虽然自己不是生在长乐，长在长乐，但长乐是父母之乡！就是自己的故乡！这里还有一层意思，就是小时候她对堂哥讲曾祖父一辈在长乐横岭村贫寒的家世时，被堂哥叮嘱不要再讲出去，因为那时谢家已在福州城里落脚。当下，小小年纪的冰心就对堂哥的这种"忘本"和"轻农"意识极大的不满！从那时起，她就不再遵守谢家写籍贯的习惯，她填写在任何表格上的籍贯都是"福建长乐"了。

　　长乐对于冰心这位故乡人也引以为自豪！因而县里常常有人进北

京看望冰心。时不时给她带些家乡的福橘、芦柑、香蕉、茶叶，也给她讲讲家乡的情况。有次横岭来人谈到村里的小学由于经费不足，无法添置教学用具，甚至连课桌坏了也修不起！冰心听了很焦心，她立即让家人将她积蓄的微薄稿费取出两千元，资助横岭小学，让孩子们能安心读书。

这次，我们南下福州成立冰心研究会，福建省作协也盛情邀约老人的女儿、女婿和外孙一道来。临行，冰心又拿出三千元，交代女儿吴青带回家乡，资助长乐县（今长乐市）教育基金会。在长乐，吴青将这笔捐款亲手交给了县委书记。

我当时心为之一动，为九二高龄的老人这种大公无私、爱国爱乡，重视教育的行为所深深打动。久久地心潮难平……

我想起不久前的1992年11月，冰心为"希望工程"二次捐款一万。头一次是三千元。

我想起1991年夏天，安徽、江苏突发大水灾时，冰心流泪。她每天必看电视新闻，见灾情一天天严重，她心急如焚！于是她委托女儿吴青和外孙钢钢到民政部救灾办公室捐款一万元，本来她还准备了200斤粮票，可当时吴青由于走得匆忙，忘了带。随后冰心老人竟驱车亲往民政部缴了粮票！

我想起由英籍华人作家韩素音鼎力资助的"冰心儿童图书奖"设立后，冰心又自动捐献二万元，以便推动这一旨在鼓励和繁荣儿童文学创作的义举。

我想起在那荒唐的"文革"岁月里，冰心被打成"黑帮"后，有天她正在文联大楼四楼扫过道，见我走过，她忽然悄声叫住我，环视周围无人，便从衣袋中掏出一张存款单——在当时来说是一笔不小的数字——硬塞给我，低语道："我从大字报上看出来了，你不是造反派，现在又来了工宣队、军宣队。这些天，我从报纸上看到国家正在修成昆铁路，那条路可难修了，我从前坐汽车走过，国家一定需要资金。我想把这点钱捐献给国家修铁路用。你可要交给工宣队、军宣队他们。"

我一时不知所措。然而见她却是言辞恳切，动人心怀。她见我有些犹豫，便进一步说：这钱是我多年来工资的积蓄，取之于民，还之于民，正当理。你就替我上缴好了。但她又嘱咐我切勿语人，不必声张，她不是为了别的。

还有一次捐款是她已经提出而由我劝阻未能如愿的那次。我记得是在1988年深秋的一天，她忽然打电话到《人民文学》编辑部，找我接电话。线路接通后，她说她有一件要紧事，希望我马上来。我放下手头工作，便立即于当日下午乘车赶到西郊白石桥中央民族学院教授楼她的家，聆听她的指教。谁知她却扑哧一声笑了，风趣地说："哪里有那么多的指教！我是找你来继承我的'遗产'的。"

我顿时一愣，也开玩笑说："老人家，您会万寿无疆的！干吗急急忙忙给我们分什么遗产？"

她稳坐在那里，摆摆手说："好喽，好喽，玩笑归玩笑，现在谈正经事。"

我竖起耳朵听着，心里真没有底，不知老人家招我来要谈什么？

她先冷不丁问我一句："你不是担任着散文学会的副会长么？！学会开展了哪些活动，经费来源如何，它办的那份刊物《散文世界》发行量好不好，有没有准备搞评奖？……"

冰心是中国散文学会德高望重的顾问，今日她来顾问，我必须恭恭敬敬向她汇报情况。我谈完，她满意地笑了。

她说："看来这个学会成立得必要。"

"我想把我多年积蓄的几万元稿费捐给散文学会，你们可以搞评奖用。评奖可以鼓励新作者新作品。"她平静地说。

可我坐不住了。我极力说服她，因为散文学会成立时间不久，评奖的问题尚未很好研究，时机还不成熟。自然她捐款大家会很高兴的。如若将这笔捐款，派了别的用场，把钱花掉了，岂不辜负了她的一片心意。她说了很大一个数字。我还对她说，将来若时机成熟，学会要评奖了，您也别拿那么多钱，得给吴平、吴冰、吴青他们留一些。

她笑了，爽朗地笑了，不紧不慢地说："吴青他们都有工资，生活得也蛮好嘛。他们自幼，我就教给他们要学会自力更生，靠自己，不能依赖别人。你熟悉，他们不都个个很有出息！"

我说："那是另一回事。您既然作为'遗产'，就应该留给他们一些。"

她又是嘿嘿一笑，用手指指她书桌的中间抽屉，幽默地说："喏，我的'遗书'早写好了，就在这里锁着，那上面都有。不过谁也不要现在看。"

说真的，出于好奇，出于淘气，我真想偷偷看看老人家的"遗书"。但这是万万使不得的。

想想看，她的钱也是来之不易哪！无非是两个来源：工资、稿费。而这些都是劳动所获。可她还东捐西献，心里总是想着国家，想着民族，想着孩子，想着老百姓……而熟悉她的朋友无人不晓，冰心老人自己平日里却是过着极为简朴的生活！

这就是冰心。

然而冰心似火，似火的冰心。

一九九三年正月初二追记于北京

田埂溜溜

杨盛龙

　　太阳升起一竿子高。水田里刚栽插没多少天的秧苗开始转绿，微风一吹，水波脆生生地从绿秧苗间泛着碎银光。偶见一个两个半大小子提着一绺柳条串儿的黄鳝，短裤赤脚在光溜溜的田埂上转悠，眼盯着水里，满手的稀泥，刚捉的活黄鳝在柳条串儿上厮绞得紧箍箍的。
　　见到这捉黄鳝的情景你就心痒痒。你记挂着那天你在那条田埂边没有抓到的那条粗壮的老黄鳝，又打了新的洞眼没有？是不是被别人抓走了？你想你急但是你不能去，你吃十岁的饭了，正是求学上进的时候，你背着书包正要上学去。老师严着哩。你朝田坝中瞅了一阵，例行地上学去了。

上课了，数学教师在黑板上写"a-b"，你想到你的两条黄鳝和它们打的洞。语文课堂上教"刻舟求剑"，你嘴上跟着老师读，心里想，刻舟人错了，因为船行走了：我刻在田埂上那个记号可准得很，黄鳝虽然窜动，但一般总会在老地方打洞。你心里头有这个老码子。

　　小的时候你馋黄鳝那个馋的啊，自己还不会捉，见谁捉黄鳝就跟在后头追，像猫追鱼腥。得到施舍，即在红火灰中烧得弯曲焦黄，吃得那个香的啊！也是，不是有人说过嘛：鸡鱼肉蛋，不如火烧黄鳝。

　　稍长大了点以后，再不是那么俗，你追求雅致，很讲究的山乡名烹"鳝鱼籴汤"。新捉的活黄鳝，一大盆清水养几天，让它排尽吐空肚内的脏物后，灌填肉丁，活脱脱籴汤，味道鲜美无比。

　　吃鱼不如捉鱼有味。你的兴趣渐渐地更多是在捉黄鳝的味中。因为迷恋捉黄鳝，你没有看好牛糟蹋了禾苗，受到你爹的斥骂。因为捉黄鳝上学迟到，放学后被老师扣留下来一顿教训。你当时满脑子里都是黄鳝欢快地扭动，你老想着你上学路上提的几条黄鳝用鱼篓装着养在水田秧苗丛中的。你返回去看时，黄鳝全被老鸦叼走了，还有一只老鸦向你"哇"的招呼了一声。"渔翁"挨刺，老鸦得利。

　　那天你本想捉一篓黄鳝送给老师的。你听过老班辈人说的读私塾时以发蒙课文改编的歌吟："人之初，性本善。性相近，习相远。捉黄鳝，三斤半，送给老师做早饭……"但是你慑于老师的威严，想到你因迟到而挨的批评和几十双火辣辣的眼神，你没有勇气把鱼篓带去学校。

　　你"引蛇出洞"，从泥洞里诱出黄鳝，在水田里追捉时，被小伙伴抢捉走了。你耿耿于怀，给他养的八哥喂辣椒粉。那小伙伴悄悄把活黄鳝放在你床下的尿罐里。你晚上起夜，端起尿罐，黄鳝受热"啪哒"弹尾，吓得你扔了尿罐，碎陶片和尿液撒了一地……

你还是没有抵御住水田的诱惑，去滑溜溜的田埂上转，还拉拢了一个低年级小同学。绕弯儿去看那天逃掉的那条老黄鳝是否又钻了新孔道。老的没见踪迹，又去找新的，顺着田埂左转右转，陷入田园纵深带而不能自拔。眼看着太阳从一竿子高升到斜半中天，今儿准得迟到。迟到会被罚站，放学后还要被留住讲道理。反正要挨批评，索性就不去了。

弯弯田埂弯弯丘，秧苗儿随风轻摇，水田里泥面看似平静，泥层里不知有多丰富的内涵哩。你带着小同学，还给传授技艺——

黄鳝属于鱼类，却显得老成世故，与鲤鱼同为游泳名家，在蚯蚓面前是打洞将军，稻田干裂了也能生活。小黄鳝细长弯扭窜得风快，老黄鳝龙不现爪深居简出。黄鳝在泥田里择好居处留有孔眼以便通气和出入。狡鳝五窟，有的打几个通道，以便遇到情况时转移撤退。尾部所处那头孔小，头部出口孔大。认准了，便从大头孔插入手指顺着通道迅速深入，使它退避不及，动作快的话可从泥中直接抓住黄鳝。如孔道太深整胳膊不及或泥路出乱，即赶紧抽手，插进脚去急速捅踩。眼见得黄鳝尾巴渐渐退出泥面，必得紧逼忙捅，以防它再缩回去逃掉。

你顺着田埂走，下到水田里寻找，踩捅，捕捉，走"弓"字形、"品"字形转了多少圈，鱼篓子不断加沉，半篓子黄鳝黏糊糊滑溜溜。你的心随之悸动。也有过好几次失误，抽手换脚捅的当儿黄鳝又缩回泥里溜掉了，有时追着追着那黄鳝一弹尾把水弄浑趁乱溜之乎也。后来你专找那些爱钻田埂打老眼的老黄鳝。那种稍年长的滑头从上丘打地道连接下丘,上丘无水溜下丘,下丘追急逃上丘,旱涝保安。你从上丘的大孔洞中顺孔抠开泥块,换下脚去捅进硬泥田埂,"叽咕!叽咕!"下丘田的小孔中冒出的浑水渐成泥浆,继而黄鳝顺流而出。

你清楚地知晓,稻田看水员好讨厌抠黄鳝的娃儿抠烂了田埂抠漏了田水,又最喜欢抠黄鳝的娃儿抓走一条黄鳝少一条打漏水眼的祸害。装好黄鳝后,你尽量把田埂缺口糊得好些。

眼见得顺田湾走过来三个大姑娘。你灵机一动,再捧了几摔稀泥把她们将要过的田埂糊得滑溜溜,然后避开一边,甩一把稀泥,伸起腰用肘拐抹一把汗,嘻开满是泥星点子的脸,喝道:"三个大姐一样齐,中间那个是我的。"那一位稍打一个野眼,脚下踏脏了绣花鞋,刚想骂,脚下又一滑,一个仰八叉,沾了一身稀泥,你两个哈哈大笑……

这回你得了便宜,不像上次。上次你把渡船撑到河心悠着不动,在船上对着两个姑娘讲了一大堆让人脸红心跳的稀泥巴话。人家在船上不动声色,不说半句,怕你悠船在江心不再撑了,上了岸以后,骂得像山溪水,冲得小船直晃荡。

这大半天的黄鳝捉下来。追捕黄鳝的激动,黄鳝逃掉的懊恼,判断失误的痛悔,戏谑的喜悦,多种复杂的感情交织。

到放学的时候了。你复杂的心情更加错乱。是装着上了一天学放学回家的样子呢,还是做好黄鳝下莴菜引父亲下酒高兴赦免逃学的事?

那天晚上,老师家访。当着那么多人的面,父亲没有发火,引用了一句老话训斥道:"人家说'男儿服学堂,女儿服嫁妆',牛犊子教三个早晨也上路了,你上了三年学,心怎么还这么野?"邻居劝慰说:"娃儿现在贪玩,稍稍懂事了会专心读书的。"老师的话不硬不软:"天

天抠黄鳝还读不读书？ 读书么就不要迷着黄鳝了。"

　　后来，你迷进书堆里了。 正当你们似渴的时候，学校停课了。 你只有天天晃荡在田园，放牛，戏水，摸鱼，捉黄鳝，多么渴望上学读书啊！ 老听说要复课闹革命，却老是只闹没复。 捉了那么多那么多黄鳝。 你想给老师送点，却不知老师被遣送到哪里劳动去了。 你一直惦记着那位老师。

　　在泥田里滚了十年之后，你是怎么捡起书重新进学校的呢？ 还记得儿时的田埂溜溜么？

我的第一份工作

余华

朱威廉给我一个命题作文，叫《我的第一份工作》，我马上想起他在中国的第一份工作。几年前朱威廉飞越太平洋来到上海，创办了一个中美合资的广告公司，这个长着一脸中国相说着一口中国话的美国人，腿脚勤快地在上海的写字楼里上蹿下跳，甜言蜜语地招徕他的广告客户，那些客户一听说是什么中美合资的广告公司，立刻将朱威廉驱逐出门，心想好端端的一个中国人偏要假冒美国人。那阵子朱威廉四面楚歌心灰意冷，差一点"美国鬼子夹着尾巴逃跑了"，被逼无奈的朱威廉心生一计，穿上透明的白衬衣，将他的美国护照插在胸前的口袋里，让人一目了然，表示他不是假冒美国人而是假冒中国人，然后硬着头皮继续他的工作，不料从此以后朱威廉绝处逢生左右逢源，才有了今天的"榕树下"。

现在应该说说我自己的事了，我的第一份工作是拔牙，我是1978年3月获得这份工作的。那个时候个人是没有权利选择工作，那个时候叫国家分配。我中学毕业时刚好遇上1977年"文革"后的第一次高考，可是我不思进取没有考上大学，那一届的大学名额基本上被陈村这样的人给"掠夺"了，这些人上山下乡吃足了苦头，知道考大学是改变自己命运的良机，万万不能错过。而我是少年不识愁滋味，一头栽进卫生院。国家把我分配到了海盐县武原镇卫生院，让我当起了牙医。

牙医是什么工作？在过去是和修鞋的修钟表的打铁的卖肉的理发的卖爆米花的一字儿排开，撑起一把洋伞，将钳子什么的和先前拔下的牙齿在柜子上摆开，以此招徕顾客。我当牙医的时候算是有点医生的味道了，大医院里叫口腔科，我们卫生院小，所以还是叫牙医。我们的顾客主要是来自乡下的农民，农民都不叫我们"医院"，而是叫"牙齿店"。其实他们的叫法很准确，我们的卫生院确实像是一家店，我进去时是学徒，拔牙治牙做牙镶牙是一条龙学习，比我年长的牙医我都叫他们师傅，根本没有正规医院里那些教授老师主任之类的称呼。

我的师傅姓沈，沈师傅是上海退休的老牙医，来我们卫生院发挥余热。现在我写下沈师傅三个字时，又在怀疑是不是孙师傅，在我们海盐话的发音"沈"和"孙"没有区别，还是叫沈师傅吧。那时候沈师傅六十多岁，个子不高，身体发胖，戴着金丝框的眼镜，头发不多可是梳理得十分整齐。

我第一次见到沈师傅的时候，他正在给人拔牙，可能是年纪大了，所以他的手腕在使劲时，脸上出现了痛苦的表情，像是在拔自己的牙齿。那一天是我们卫生院的院长带我过去的，告诉他我是新来的，要跟着他学习拔牙。沈师傅冷淡地向我点点头，然后就让我站在他的身旁，看着他如何用棉球将碘酒涂到上腭或者下腭，接着注射普鲁卡因。注射完麻醉后，他就会坐到椅子上抽上一根烟，等烟抽完了，他问一声病人："舌头大了没有？"当病人说大了，他就在一个盘子里选出一把钳子，开始拔牙了。

　　沈师傅让我看着他拔了两次后，就坐在椅子里不起来了，他说下面的病人你去处理。当时我胆战心惊，心想自己还没怎么明白过来就匆忙上阵了，好在我记住了前面涂碘酒和注射普鲁卡因这两个动作，我笨拙地让病人张大嘴巴，然后笨拙地完成了那两个动作。在等待麻醉的时候，我实在是手足无措，这中间的空闲在当时让我非常难受，这时候沈师傅递给我一支烟，和颜悦色地和我聊天了，他问我父母是做什么工作的，家里有几个兄弟姐妹。抽完了烟，聊天也就结束了。谢天谢地我还记住了那句话，我就学着沈师傅的腔调问病人舌头大了没有？当病人说大了，我的头皮是一阵阵地发麻，心想这叫什么事，可是我又必须拔那颗倒霉的牙齿，而且还必须装着胸有成竹的样子，不能让病人起疑心。

　　我第一次拔牙的经历让我难忘，我记得当时让病人张大了嘴巴，我也瞄准了那颗要拔下的牙齿，可是我回头看到盘子里一排大小和形状都不同的钳子时，我不知道应该用哪一把？于是我灰溜溜地撤下来，小声问沈师傅应该用哪把钳子。沈师傅欠起屁股往病人张大的嘴巴里看，他问我是哪颗牙齿，那时候我叫不上那些牙齿的名字，我就用手指给沈师傅看，沈师傅看完后指了指盘子里的一把钳子后，又一屁股坐到椅子里去了。当时我有一种强烈的孤军奋战的感觉，我拿起钳子，伸进病人的嘴巴，瞄准后钳住了那颗牙齿。我很幸运自己遇上的第一颗牙齿是那种不堪一击的牙齿，我握紧钳子只是摇晃了两下，那颗牙齿就下来了。

真正的困难是在后来遇上的，也就是牙根断在里面。刚开始牙根断了以后，坐在椅子里的沈师傅只能放下他悠闲的二郎腿，由他来处理那些枯枝败叶。挖牙根可是比拔牙麻烦多了，每一次沈师傅都是满头大汗。后来我自己会处理断根后，沈师傅的好日子也就正式开始了。当时我们的科室里有两把牙科椅子，我通常都是一次叫进来两个病人，让他们在椅子上坐下后，然后像是工业托拉斯似的，同时给他们涂碘酒和注射麻醉，接下去的空闲里我就会抽上一根烟，这也是沈师傅教的。等烟抽完了，又托拉斯似的给他们挨个拔牙，接着再同时叫进来两个病人。

那些日子我和沈师傅配合得天衣无缝，我负责叫进来病人和处理他们的病情，而沈师傅则是坐在椅子里负责写病历开处方，只有遇上麻烦时，沈师傅才会亲自出马。随着我手艺的不断提高，沈师傅出马的机会也就越来越少。

我们两个人成了很好的朋友，我记得那时候和沈师傅在一起聊天非常愉快，他给我说了很多旧社会拔牙的事。沈师傅一个人住在海盐时常觉得孤单，所以他时常要回上海去，他每次从上海回来时，都会送给我一盒凤凰牌香烟。那时候凤凰牌香烟可是奢侈品，我记得当时的人偶尔有一支这样的香烟，都要拿到电影院去抽，在看电影时只要有人抽起凤凰牌香烟，整个电影院都香成一片，所有的观众都会扭过头去看那个抽烟的人。沈师傅送给我的就是这种香烟，他每次都是悄悄地塞给我，不让卫生院的同事看到。

沈师傅让我为他做过两件事，可是我都没有做好。第一件事是让我洗印照片，那时候我的业余爱好还不是写作，而是洗印照片，经常在一个同学家里，拿红色的玻璃纸包住灯泡后，开始洗印，我最喜欢做的就是拿着镊子，夹住照片在药水里拂动，然后看着照片上自己的脸和同学的脸在药水里渐渐浮现。沈师傅知道我经常干这些事，有一次他从上海回来后，交给我一张底片，让我在洗印照片时给他放大几张。那张底片是印在一块玻璃上的，我第一次见到这样的玻璃底片，是沈师傅的正面像。沈师傅当时一再叮嘱我要小心，别弄坏了底片，他说这是他自己最喜欢的一张底片，准备以后用来放大做遗像的。我当时听他说到遗像，心里吃了一惊，当时我很不习惯听到这样的话。后来我在同学家放大时，那位同学不小心将这张底片掉到地上碎了，我一个晚上都在破口大骂那位同学。到了第二天我硬着头皮去告诉沈师傅，说底片碎了，然后将已经放大的几张照片交给他。现在想起来当时沈师傅肯定很后悔，后悔将自己钟爱的底片交给我这种靠不住的人。不过当时他表现得很豁达，他说没关系，只要有照片就行，可以拿着照片去翻拍，这样就又有底片了。

沈师傅让我做的第二件事，是他离开海盐前对我说的，他说他快七十了，一个人住在海盐很累，他不想再工作了，要回家了。然后他说上海家里的窗户上没有栅栏，不安全，问我能不能为他弄一些钢条，我说没问题。沈师傅离开后没几天，我就让一位同学在他们工厂拿了几十根手指一样粗的钢条出来，当时我们卫生院的一位同事刚好要去上海，我就将钢条交给她，请她带到上海交给沈师傅。沈师傅走后差不多一年，有一天他又回来了，可能是在上海待着太清闲，他又想念工作了，所以又回到了我们卫生院，我们两个人还是在一个门诊科室。他回来时像往常一样，悄悄塞给我一盒凤凰烟。我们还是像过去一样，一个负责拔牙，一个负责写病历开处方，空闲的时候我们一边抽烟一边聊天。有一天我突然想起了钢条，我就问他能不能用上，他说他没有收到钢条，然后才知道我们那位同事将钢条忘在她的床下了，忘了差不多有一年。这是沈师傅最后一次来我们卫生院工作，时间也很短，没多久他又回上海了，以后再也没有回来。我和沈师傅一别就是二十年，我没有再见到他。

这就是我的第一份工作，从十八岁开始，到二十三岁结束。我的第二份工作是写作，直到现在还在乐此不疲。我奇怪地感到自己青春的记忆就是牙医生涯的记忆，当我二十三岁开始写作以后，我的记忆已经不是青春的记忆了。这是我在写这篇文章时的发现，更换一份工作会更换掉一种记忆，我现在努力回想自己二十三岁以后的经历，试图寻找到一些青春的气息，可是我没有成功，我觉得二十三岁的自己和今天的自己没有什么两样，而牙医时的我和现在的我决然不同。十八年来，我一直为写作给自己带来的无尽乐趣而沾沾自喜，今天我才知道这样的乐趣牺牲了我的青春年华，连有关的记忆都没有了。我的安慰是，我还有很多牙医的记忆，这是我的青春，我的青春是由成千上万张开的嘴巴构成的，我不知道是喜是忧。

经验之外

穆涛

李浩教授是我的老师。

他的治学方向是唐代文学与文化研究，出版的主要学术著述有《唐代关中士族与文学》（中国社会科学出版社）、《唐代三大地域文学士族研究》（中华书局）、《唐代园林别业考录》（上海古籍出版社）、《唐诗的美学阐释》（安徽大学出版社）。这些书出版后反响很好，被学界赞为有新拓之功。我们两家的住处相距不到一百步，经常是抬头能见，低着头也能碰见。李浩老师平日里言辞少，但待人和蔼包涵，对我也偏多鼓励抬爱。有新书出炉总会给我一册，我读过他的关中士族文学研究和唐园林考录的书之后，得益很大。就建议他给《美文》也写一些，他尊重我的意见，由我选了和当下生活联系比较密切的这组文章，并自作主张以"水土、风气与人文"为题。

唐代是中国史的至高点，研究至高点的文学与文化，由地域和家族入手，在我这个念书少的人看来是新的视点，应该在已成的学术经验之外吧。 中国的文学史粗看起来是一条大河，但往细里看有点像庄稼，是一块地、一块地地依地势生长，靠地力存活。 一个作家写出了名气，被皇帝招进京城，他还是解不开家乡的情结，一旦解开了，这个人的艺术生命也就停止了。 中国作家似乎一直绕不过寻求解脱又无法解脱的"地域情结"的宿命。 这有点像跳高比赛，最后是以落杆、以失败站在冠军台上。

我爱看李浩老师的书，不是感兴趣他的表述方式，而是喜欢他的治学问方法。 中国的老百姓有两句俗话。 一句叫"十里不同俗"，我们的文化差异是近距离的。 另一句是"喝一条河里的水长大的"，文化间既有差异又有着血肉联系，是在一个大背景之内的差异，因而要研究清楚中国的文化须要用中国的方法，吃饺子不宜用叉子，用西方的洋器械可能顺手但不顺嘴。

至于说到念书，我从不去硬念，像在街头看美人，万头攒动中只在乎相中的那一张脸。 苏东坡说，要写出一流的大文章，要背熟三本书：《孟子》《庄子》《史记》。 金圣叹眼里的好书是六本：《庄子》《史记》《离骚》《水浒传》《杜甫律诗》《西厢记》。 两位先贤开的书单其实相差不多，只是金圣叹增了情和侠气。 如果同意他们两位的看法，那么你的读书水平就停在宋、清两朝，因为他们是基于他们所处的那个时代的认识。 如果你觉着还有些欠缺，你就需要考虑你的生活里还缺乏着什么。我们经常使用"世界在发展"这个概念，世界在发展，不是地球变大了，而是人心在多极化，多元化，在往细里走，在往深里去。在越来越精深的大趋势里，选择一条治学的通途是需要不凡的眼力和水平的。我的老师李浩有这个水平，我心为此而虚荣。

《水土、风气与人文》四篇文章是他最近的心得。如同他治学问在学术经验之外一样，他写文章也在写作的经验之外。他写散文不因循散文的套路，但他是深谙散文套路的，他的诗学研究著作《唐诗的美学阐释》，使用的表述方式基本上是散文化的，在深入浅出之列。我做散文编辑这么多年了，越做越觉得现当代的散文写作，实在也没有什么太成功的套路，要是有人肯编一本"当代散文基本写法"一类的书，纵是水平再高的人，恐怕也编不出太高的水平来，因为已有的散文写作经验过于有限。工厂里的人讲技术革新，写作的人讲创新，这个新所指的就是要走出已有的经验。

李浩老师的文章和他的治学研究有一点是相通的，就是"问题意识"。多年前，他的博士后出站报告被专家组全票评为优等，其中有这样一段评价，"具有自觉的问题意识，善于从大量原始文献中发现问题和解决问题，尤能从无疑处质疑，廓清许多积非成'是'之点。如对陈寅恪先生观点的误读，'以诗赋取士'的曲解等。"我们常说当下散文写作缺乏当下意识，什么是当下意识？我的简单理解是在当下社会生活中发现并澄清有碍进步的或背离大道的东西。

高见是我们常挂在嘴边的一个词。什么是高见？不是高个子人所看见的，也不是在高绝处见到的。前几天电视上公布了几张我们中国人自己拍摄的月球表面的照片，虽说跑到太空那么高，又是用了高明的机器拍回来的,但目前还不能叫高见,因为照片上的东西究竟包含着什么,还有待科学家进一步弄清楚。 高见是个很实际的词,是在寻常生活里发现的不太寻常的东西,不仅要有发现,也要进一步澄清。 但若能在不寻常中去找出不寻常当然是更好的事,比如探月这码事,但普通人不太方便办到,从这个角度说,李浩这组文章是包含着高见的。 但散文又不能总这样写,作者累,也累读者,还要有金圣叹情和侠的一面。 最后这句话,权做给老师上奏的建议。

第二辑

漂泊的生命之旅

我有一个狮子军

贾平凹

我体弱多病,打不过人,也挨不起打,所以从来不敢在外动粗,口又浑,与人有说辞,一急就前言不搭后语,常常是回到家了,才想起一句完全可以噎住他的话来。 我恨死了我的窝囊。 我很羡慕韩信年轻时的样子,佩剑行街,但我佩剑已不现实,满街的警察,容易被认作行劫嫌疑。 只有在屋里看电视里的拳击比赛。 我的一个朋友在他青春蓬勃的时候,写了一首诗:"我提着枪,跑遍了这座城市,挨家挨户寻找我的新娘。"他这种勇气我没有。 人心里都住着一个魔鬼,别人的魔鬼,要么被女人征服,要么就光天化日地出去伤害,我的魔鬼是汉罐上的颜色,出土就气化了。

一日在屋间画虎，画了很多虎，希望虎气上身，陕北就来了一位拜访我的老乡，他说，与其画虎不如弄个石狮子，他还说，陕北人都用石狮子守护的，陕北人就强悍。过了不久，他果然给我带来了一个石狮子。但他给我带的是一种炕狮，茶壶那般大，青石的，据说雕凿于宋代。这位老乡给我介绍了这种炕狮的功能，一个孩子要有一个炕狮，一个炕狮就是一个孩子的魂，四岁之前这炕狮是不离孩子的，一条红绳儿一头拴住炕狮，一头系在孩子身上，孩子在炕上翻滚，有炕狮拖着，掉不下炕去，长大了邪鬼不侵，刀枪不入，能踢能咬，敢作敢为。这个炕狮我没有放在床上，而是置于案头，日日用手摩挲。我不知道这个炕狮曾经守护过谁，现在它跟着我了，我叫它：来劲。来劲的身子一半是脑袋，脑袋的一半是眼睛，威风又调皮。

古董市场上有一批小贩，常年走动于书画家的家里以古董换字画，这些人也到我家来，他们太精明，我不愿意和他们纠缠。他们还是来，我说：你要不走，我让来劲咬你！他们竟说：你喜欢石狮子呀？我们给你送些来！十天后果真抬来了一麻袋的石狮子。送来的石狮子当然还是炕狮，造型各异，我倒暗暗高兴，萌动了我得有个狮群，便给他们许多字画，便让他们继续去陕北乡下收集。我只说收集炕狮是很艰难的事情，不料十天半月他们就抬来一麻袋，十天半月又抬来一麻袋，而且我这么一收，许多书画家也收集，不光陕北的炕狮被收集，关中的小石狮也被收集，石狮收集竟热了一阵风，价钱也一涨再涨，断堆儿平均是一个四五百元，单个儿品相好的两千三千不让价。

我差不多有了一千个石狮子。已经不是群，可以称作军。它们在陕北、关中的乡下是散兵游勇，我收编它们，按大小形状组队，一部分在大门过道,一部分在后门阳台,每个小房门前列成方阵,剩余的整整齐齐护卫着我的书桌前后左右。 世上的木头石头或者泥土铜铁,一旦成器,都是有了灵魂。 这些狮子在我家里,它们是不安分的,我能想象我不在家的时候,它们打斗嬉闹,会把墙上的那块钟撞掉,嫌钟在算计我。 我要回来了,在门外咳嗽一下,屋里就全然安静了,我一进去,它们各就各位低眉垂手,阳台上有了窃窃私语,我说:谁在喧哗?顿时寂然。 我说:"嗨!"四下立即应声如雷。 我成了强人,我有了威风,我是秦始皇。

秦始皇骑虎游八极,我指挥我的狮军征杀去,北伐去,兵来将挡,遇土水淹,所向披靡,一吐恶气。 往日诽谤我、羞辱我的人把他绑来吧,但我不杀他,让来劲去摸他的脸蛋,我知道他是投机主义者,他会痛哭流涕,会骂自己是猪屎。 从此,我再不吟诵忧伤的诗句:"每一粒沙子都是一颗渴死的水。"再不生病了拿自己的泪水喝药。 我要想谁了,桌上就出现一支玫瑰。 楼再高不妨碍云向西飞,端一盘水就可收月。 书是我的古先生,花是我的女侍者。

到了这年的冬天,我哪儿都敢去了,也敢对一些人一些事说不,我周围的人说:你说话这么口重? 我说:手痒得很,还想打人哩! 他们不明白我这是怎么啦。 他们当然不知道我有了狮军,有了狮军,我虽手无缚鸡之力,却有了翻江倒海之想。 这么张狂了一个冬季,但是到了年终,我安然了。 安然是因为我遇见大狮。

我的一个朋友,他从关中收购了一个石狮,有半人多高,四百余斤。 大的石狮我是见得多了,都太大,不宜居住楼房的我收藏,而且凡大的石狮都是专业工匠所凿,千篇一律的威严和细微,它不符合我的审美。我朋友的这个狮子绝对是民间味，狮子的头极大，可能是不会雕凿狮子的面部，竟然成了人的模样，正好有了埃及金字塔前的蹲狮的味道。我一去朋友家，一眼看到了它，我就知道我的那些狮子是乌合之众了。我开始艰难地和朋友谈判，最终以重金购回。当六人抬着大狮置于家中，大狮和狮群是那样的协调，使你不得不想到狮群在一直等待着大狮，大狮一直在寻找着狮群。我举办了隆重的拜将仪式，拜大狮为狮军大将军。

有了大将军统领狮军，说不来的一种感觉，我竟然内心踏实，没了躁气，是很少给人夸耀我家里的狮子了。我似乎又恢复了我以前的生活，穿臃臃肿肿的衣服，低头走路。每日从家里提了饭盒到工作室，晚上回去。来人了就陪人说话，人走了就读书写作。不搅和是非，不起风波。我依然体弱多病，讷言笨舌，别人倒说"大人小心"，我依然伏低伏小，别人倒说"圣贤庸行"。出了门碰着我那个邻居的孩子，他曾经抱他家的狗把屎拉在我家门口，我叫住他，他跑不及，站住了，他以为我要骂他揍他，惊恐地盯着我，我拍了拍他的头，说：你这小子，你该理理发了。他竟哭了。

向日葵

伍立杨

正午奇静。静到仿佛要听出静的声音来。阳光黄灿灿的,仿佛是密集的水意淋漓的金属,能够沿着生物的万千叶脉般的纹路渗透到极端的深处。

在这样的时分,向日葵是一切风景的中心。它的长长的茎,忠实的花盘,托举着虔诚的内在的冲动,一种隐秘的甘甜的欲望潜伏在它的心底,它听到来自远古的声音,那声音说,转罢,不停地转罢,你会得到报酬。

这时有许多金色的山蝇在空气中弹来弹去,透明的翅发出有金属意味的颤响,金蝇子停栖在向日葵的花盘,听得一个声音说,累呵累呵。

金蝇子以为听到了不祥的幻觉，振翅而去，空气里就划过一道道美玉似的闪光。

万物都热昏了头，蝉声熔在燠热的气流里，先前的尖刺，已钝锉到不再锥耳。

当蝉声又密集起来，像一阵清凉的雨网，洒在每一个细微的角落时，太阳已从当空滑到西边去了，向日葵也已转过了它昂起头颅，移向西方。

这一时分，向日葵已染满了神性的光辉，风景已在薄暮中为黯淡的光所浸润，有的生物开始瑟瑟发抖。

向日葵呢，还追随着太阳的最后一缕余晖，将它的头，扭到不能再扭。 有许多物景，都开始抱怨起来，觉得周遭充塞着悲凉的歌音，唯独向日葵，恒久地渴望着一个更光明更自由的理想国度。

它并不悲观，它知道，今天过去了，还有明天。 明天的阳光，或许会更辉煌。 不过就在这时，向日葵听到一个声音说：疲倦！ 它以为是幻觉，待扭头一看——太阳既已没落，它可以扭头自由转动了——它看到一个衲衣百结的老僧坐在田埂边上，先前它还以为是一根漆黑的枯桩呢。

向日葵觉得有点稀奇。 不过，它仿佛看到生命轨道的辽远，命运沉重的担子。 它这样想着，就渐渐有了些许的游移。

有一天它觉得已走了好远的路，才一警觉，繁盛的夏日已经过去；严霜繁露蒙络万物，像是蠢蠢欲动的不速之客。

憔悴就爬满了它的全身。 当它身上的枯叶、熟透的籽落下来，被风吹送到寺院，看到在田埂上打坐的老僧早已不知去向。 它还来不及细品曲终人杳的滋味，花盘和枝叶就已纷然而堕，老朽的枯茎已然感到死亡冷冰冰的抚摸，不禁一阵瑟缩；它低下头来，看到自己的根深深扎在大地上，它陡然感到一种寸步难移的痛苦。

它从闪烁斑斓色彩的幻影里回首，知道并未走出半步，一种旷古的惊悸使它蓦然爆裂开来。

这时候，时间里仿佛布满厌倦；深秋的阳光，像秋蝇无力的翅。

雨之集

车前子

　　针掉在地上，拣起来是针。不拣起来也是针。牙断了，离乡背井，它还是牙。雨却不这样。给一个孩子知识，指着雨后的小洼，如果说："这是雨！"孩子定伸长脖子，望天。你只得说成"这是雨水"。雨后面加个水字，其实和雨已没什么关系。就像文联主席前加个前字为"前文联主席"一样。雨和文联主席有着差不多易变的、脆弱的性质。而作家像针，像牙，至少我还没在名片上或公共关系中见到或听到"前作家"的说法。对了，也有过一次。某人向我介绍某女士，说："前作家——"，后面拖上个"夫人"。是前作家夫人。作家穷，她就改嫁，成"后画家老婆"。画商品画的，有钱。雨还喜欢搞运动。 在运动中，它就是针，就是牙。 看那些大雨，刺得手疼，咬得脸痛。 人的局部是一些水果。 在雨中漂浮着戴戒指的盈盈佛手和架眼镜的皱巴巴的橙子。 雨停了，运动结束了，我们就踩着大片的积水回家了。

　　雨还真难侍候。 早晨出门，看着天色阴沉，就带上雨具，雨偏偏不下。 雨呵雨呵你下吧，仿佛在等着股票上涨。 而瞧着政通人和的，赤条条上街，雨却突然让你成只落汤鸡。 毛都不用拔的。 没想着带伞，伞，我们的羽毛。 而真真难侍候的，我想还是人。 雨一旬半载不下吧，你急，你烦，你咒。 连抽烟都小心。 连下一旬半载吧，你更急，你更烦，你更咒。 除了人浮于事吃的是干饭，没一样东西不湿了。 还有一样：你只得干瞪眼！ 雨又不拿你的工资，雨又不是你的部下。 久不作雨，就像人过不惑尚未婚配，着急呀。 真下雨了，雨又下长了——添子添孙，弄璋弄瓦，换尿布，洗尿布，烘尿布，婚姻的甜蜜蜜的气息过后接着的就是臭烘烘的琐事。 雨就是琐事，淅沥淅沥淅沥复沥沥。

　　大雨如腹泻，小雨似前列腺。 雨不但是琐事，还是毛病。 但雨一样的心情是健康的、诗意的，尤其那少女的雨一样的心情。 少女们的一抬手、一扭腰，都像是在下雨。 下在身体内部的雨。 有时候，也会对外供应："晓看红湿处"，那胭脂扑扑的脸颊；"花重锦官城"，那胸前骤然积起的两汪汪飞动的雨水。 确切地讲，是风中有朵雨做的云，更确切地讲是两朵。 这样的时辰可惜不长：雨一样心情的少女，很快会做了阳光凶猛的新娘。

　　但诗意是不绝的。 雨一样的心情消失了，躲雨的诗意比比皆是。

知了在一片柳叶下躲雨；母鸡在一片枫叶底躲雨；儿子被父亲藏在屁股后躲雨；恋人们的十只手指在躲着雨呢（他的五只，她的五只，攥紧了躲在一起），其余部分管它都湿如湿症。　屋檐。　门廊。　店铺。后来的人挤进干湿参半的一堆人中去，早在的人心想：这家伙已湿了90%，还躲什么雨呵！　后来的人心也想：太不公平了，大家都没带伞，雨却全下在我身上！　幸而又来一个后后来人，湿度面积估计达95%以上，后来的人他的愤愤不平顿转化为挡不住的惊喜。　而雨趋向停时，最先冲上街头的，必是那些已有了湿度的人——幸运的干人们将等着天空洒尽它最后的一滴甘霖。

　　传说市京剧团的著名花脸，因花脸著名了，平常脸只得隐姓埋名。所以也就无人认得。　躲雨的时候禁不住一声长啸："哇、哇、哇！　好大的——雨呀！"同躲的人才躲过雨打，以为又遇到雷击，忙四下逃散。　只有一个人没跑，还回头朝花脸看看。　花脸自觉失态，一笑。那人也笑。　那人是个聋子。

　　于突然的雨中，在路上我们能发现一些倔强的人，他们就是不躲雨，义无反顾，一往直前——像在拼命挣钱，也像在努力地偿还债务。在这些倔强的人中，往往还能看到巾帼英雄。　这一位姑娘的身体简直快浮出夏装，雷阵雨要把她本来就不富裕的衣服扒掉。　这雨在耍流氓，姑娘也知道了这点，满脸通红，两手护着胸跑。　我真想打个电话给"110"，请他们缉拿这雨，但又怕雨报复。　雨的势力太大了。　看着她通体透明地消失在雨中，羞愧呀不胜羞愧！　我们也是雷阵雨的同伙。　我们也玷污了她。

　　处心积虑，雨终于把这个城市变成水的储蓄所了。

雨有点像历史发展,正好的时候是很少的。不是太多,就是太少。

人间笔记

于坚

老式理发店

我偶然在云南大理州的一个小县城发现了这个理发店,因为它样子过于老旧,就走进去。我并不想理发,我很多年没有进过理发店了,但到了里面,某种遗忘已久的经验忽然复苏,令我激动,我当场决定在那把老式理发椅上躺下来,刮一个光头。这种理发店在二十年前是十分普遍的,给我理发的师傅姓李,他说,这种理发店在本地只剩下他这一家了。以前都是这种,现在大部分都改成香港那种了,烫头、有大镜子的那种。老李和妻子以及一个合伙人三个人经营的这个理发店,每个月租金两千元。 没有招牌，在巍山县城的城门楼附近，除了知道的人，外来人不会发现这是一家理发店。 理发店里光线很暗，刚好适应的是老李他们的三个店员的眼睛。 镜子的周围已经发黄，照出来的人，边缘是模糊的，像是旧时代的肖像。 店里只有一把老式的、靠背可以放倒的理发椅，枕头的皮垫已经坏了，用一段木头代替，这把椅子是老李专用。 洗头在最里面，那里一个小门进去，里面是一个小天井，一把椅子，一个黑乎乎的洗脸架，旁边支着一个炉子，烧的是蜂窝煤，上面有一把大茶壶。 老李倒了些热水在脸盆里，用手指试试水温，又用瓢在旁边的瓦缸里舀了些冷水搀进去。 然后用一块毛巾从我的衣领边边塞进去，开始给我洗头，当温热的水流顺着我的头皮淌下来的时候，某种经验在我的记忆里复苏了。 太遥远了，我甚至看见旁边站着正在擤鼻涕的表哥。 我立即对老李产生了信任和安全感。 后来，老李有些女性化的柔软的手指在我头上飞舞起来，在我头上抹着什么，他的手像是只苍老的蝴蝶。 老李，一把捉过吊在镜子旁边的戗刀皮，把刮刀在上面戗几下，又用一个毛笔，在一个写着维生素C的肮脏的玻璃瓶里蘸了些什么，涂在刮刀上。 这是酒精，消毒的。 老李说。 然后开始在我头上刮起来，一种痒丝丝的感觉从头上开始，迅速传遍了我的周身，我觉得自己变成了颗芝麻。 1998年9月29日，在云南大理，理发师老李的刮刀之下，我重新成了一个旧时代的顾客，享受着那种老派的、亲切、温暖不讲究卫生的服务。

我发现，对我来说，理发的实用性已经不存在，这个过程就像一个行为艺术的现场那样令我激动，它有着所谓艺术的一切特征，对经验的陌生化的复苏，独一无二、经典式的、然而来自往日非常普遍的庸常平淡的日常生活中的话语方式,古典气质的视觉效果,整个理发店色调由于时间的打磨,深浅不一的发黄使它看上去就像一幅油画,具有戏剧效果的理发功夫,那种慢条斯理,那种边理发边与旁人闲聊的功夫,那种对待顾客头部的亲切、熟悉客气,都是大师级的。 理发店像一幅作品样打动我。 而且这幅作品是有过程、气味、触觉、空气、色彩和声音的。 犹如一个穿越时间的隧道,我被身临其境地带回了那些往日的时光,一本小说、一幅画、一首诗都不会产生这种效果。 老李并不知道他的服务早已超值,时间已经把它的理发店塑造成作品。 艺术其实是一个比艺术家们所自以为是的更为丰富的范畴,天地有大美而不言、世间一切皆诗。 老李的理发店体现的是日常生活的诗意,理发馆曾经是日常生活中最平庸的部分,但正是它最不易觉察的朴素组成了我们生活的普遍的诗意。 当它普遍存在的时候,我们的美学并不尊重它,这种诗意,我们向往宏大的事物,只有当它成为世间罕见之物,我们才突然发现,其实那些宏大的事物与具体的日复一日的人生毫不相干。

　　老李一辈子都干理发这行。 他媳妇也是由于嫁了他,跟着他学会了理发。 老李小的时候家在六街,他媳妇住在雷祖殿街,他们是经人介绍认识、恋爱、结婚的。 理发店是五十年代合作化的时候开的,老李1964年来这个理发店工作,拿的是计件工资,四六开,收入一元,他得四角。 当时理个头一角、一角三分、一角五分,后来两角、两角五、三角、四角、五角慢慢涨上来,现在理一个光头是五块。 修发加吹风是两块。 现在理发,是各干各的,各收各的钱,老李和他媳妇也是一样,房租三个人平摊。 我们不消上税,挣的钱太少,只够自己用,国家不要我们上,老李说。 头刮干净了,老李拿过另一只瓶子,上面写着六味地黄片的，用指头从里面抠出一小坨白色的东西，抹在我头上，我立即闻出来，是雪花膏，还是童年时代的那种味道。 现在，老李的理发店的主顾基本上都是熟人，街坊。 来了就坐下，也不消说什么，也不消问要制什么发型，老李清楚他们的头，就像清楚自己手掌上的纹路。 老李的店离最近的村庄只有一公里路，所以，到他店里理发的农民最多。 赶街天理发要排队，几乎都是农民。 这里便宜，老式，我们不去那些新式理发店，贵，理得怪，不习惯，农民说。 但说这话的是中年农民，他儿子的头可不来这里修理，他儿子要去理五块一个的那种，还想学着昆明人，把前额的一绺头发染成黄的。

为医院当采购员小记

我家人住院，医生跑来对我说，你家的病人需要 Placental - globulin，就是胎盘球蛋白注射液，医院里用完啦，你是不是自己去买两支，医生的口气相当轻松，听起来就像在家里炒菜，菜已经倒下锅了，妻子说，酱油没有了，打一瓶去。 我还是比较老练的，并不贸然答应，而是说，恐怕不合规矩吧？ 医生脸色有些像是撒多了盐，咸起来了，你自己看着办吧，转身就走。 老张就出现了，他永远在人生的这种时刻出现，给你些忠告，劝你妥协，让你柔软。 师傅，赶紧去买，等不得，病人是你的。 要等着它进药么，我告诉你进药的程序哈，先打报告，去办公室批准，批下来，采购员会不会为了你的一样药就去出差？ 就算采购员是你爸爸，他去进了货来，还要验收，入库，然后医生才开得着药。 你给等得呢？ 我当然等不得，"我家的病人"是我刚刚生下来二十天的小女儿。 医生现在要我去采购卡车，我都要去啊！ 赶紧把脸上的傲慢抹下来装到包包里，戴上一脸的谦卑，胁肩谄笑，去问医生，把那个药名记下来，这种药哪里有？ 我认不得。 她的样子有些像江姐。 不敢再问了，幸亏有个用过那种药的病人告诉我，哪里哪里有，说完，微笑着。 长着翅膀从一条条挤满汽车和红灯的街道挣扎着奋飞过去，被罚款五十元。 到了药店问：有没有那种叫作 pla……就是胎盘什么的注射液？ 哪样？ 问清楚再来！ 又打电话去核实。 Placental gtobulin，胎盘球蛋白！ 我不通英文，又不敢省略了只说中文名字，怕搞错，牙齿都差一点被这几个字母绊飞掉。 干脆把字条拿给卖药的看，有 300CC 一只的，六百五。 不对啊，人家告诉我二十多块一只。 又去另一家问，有 200CC 一只的，四百五，还是不对。 已经是下午四点半。 到处打电话，从文化部门问到新闻部门，终于有熟人告诉我，我去铁路医院问问，拍翅飞去，"今天下班了，明天来。"一晚上都在做梦，梦见自己在一家面条厂，擀那种又细又长的面条。 明天，长出多了一倍的翅膀，飞过去。 熟人的朋友的弟弟的媳妇是个医生，告诉我，Placental globulin 注射液有好几种规格，一旦开了瓶只能用一次，你的小孩一次肯定用不了 300CC 的，一次最多就是 0.2-0.8ml/kg，但这种小瓶的我们医院没有，你要到哪里哪里去看看。 像是拿到了医科大学的毕业证书的学生那样哼着歌往外走，医院守门的以为我是来看病的，"谁陪你来的？ 没有人陪同，我们不接待！"赶紧跑出去，生怕被他关起来。 再次在这个味道不良的城市飞翔，路上被红灯十一次折断翅膀，淌汗。 终于到了×路×街往东向右拐左手对面的那栋大楼的第三家铺面，"有没有 20CC 一只的 Placental globulin 就是胎盘球蛋白注射液？"问得相当专业，立即拿到了。 拿到了，但药水距医院五公里，时间下午四点半，医院正在收拾东西准备下班。

第三天一大早，飞进医院，医生一副大惑不解的样子，这么两个小瓶瓶，怎么买了两天？我只好装出连酱油都打不来的白痴样子，咧嘴笑笑。这个医生人非常好，如果她不破例让我自己去当采购员，一定要死抠规章制度的话，那么我惨了，我的小孩得的是高胆红素血症，如果不及时注射，就有生命危险。

棕垫

今天早上，我看见些棕皮在院子里，正在被一位穿哈尼族服装的老太太编成一张床垫。看得出来，这位脸孔黝黑的老人是大院里某家人的亲戚，不知道她从哪儿带来了几张棕皮，令我想起那些遥远的山地。看起来她已经做好了一半，我经过她旁边的时候，她正弯下腰在地上找点什么，大约是一小截树枝，或者截麻线，或者块石头，山上一向是什么都可以找到的。但她什么也找不着，那是一片被打扫得干干净净的水泥地，旁边是家超级市场的后墙。棕垫躺在那里，像一张被剥下的兽皮。

笨花的黄昏

铁凝

笨花村的黄昏不只属于西贝家，那是一整个笨花村的黄昏。

黄昏像一台戏，比戏还诡秘。 黄昏是一个小社会，比大社会故事还多。 是有了黄昏才有了发生在黄昏里的故事，还是有了黄昏里的故事才有了黄昏？ 人们对于黄昏知之甚少。

笨花村的黄昏也许就是从一匹牲口打滚儿开始的：太阳下山了，主人牵着劳作了一天的牲口回村了。 当人和牲口行至家门时，牲口们却不急于进家，它们要在当街打个滚儿。 打滚儿是为了解除一天的疲劳，打滚儿是对一整天悲愤的宣泄。 它们在当街咣当一声放倒自己，滚动着身子，毛皮与地皮狠狠摩擦着，四只蹄脚也跟着身子的滚动蹬踹

起来，有的牲口还会发出一阵阵深沉的呻吟。这又像是对自己的虐待，又像是对自己的解放。这时牵着牲口的主人们放松手里的缰绳，尽兴地看牲口的滚动、摔打，和牲口一起享受着自己于自己的虐待和解放，直到牲口们终于获得满足。大多有牲口的人家，门前都有一块供牲口打滚儿的小空地，天长日久，这个小空地变作一个明显而坚硬的浅坑。西贝家和向家门前都有这样的浅坑。

牛不打滚儿，打滚儿的只有骡子和驴。

西贝家牵牲口打滚儿的是牲口的主人西贝牛或者他的大儿子西贝大治。向家牵牲口打滚儿的本应该是牲口的主人，年龄和西贝牛相仿的向喜，或者向喜的大儿子向文成。但向喜和向文成都不牵牲口打滚儿，他们各有所忙。家里养牲口，他们却离牲口很远，只把牲口交给他们的长工，长工倒成了牲口的主人。

西贝家有一匹骡子。向家有两匹骡子，一匹大骡子一匹小骡子。其实大骡子不老，小骡子不小。拉车时大骡子驾辕，小骡子跑梢。浇地时两匹骡子倒替着拉水车。

打完滚儿的牲口故意懒散着自己从地上爬起来，步入各自的家门，把头扎进水筲去喝水。它们喝得尽兴，喝得豪迈。再小的牲口，转眼间也会喝下一筲水。

向家的两匹骡子在门前打完滚儿，进了家，喝光两筲水，显得格外安静。它们被任意拴在一棵树上，守着黄昏，守着黄昏中的树静默起来。再晚些时候，长工才会把它们拴上槽头喂草喂料。

牲口走了，空闲的街上走过来一个鸡蛋换葱的，他以葱换取笨花人的鸡蛋。以鸡蛋换葱的买卖人并非只收鸡蛋不收钱，因为村里人缺钱，卖葱人才想出了这个以物易物的主意，笨花有鸡蛋的人家不在少数。久而久之，卖葱人反而像专收鸡蛋似的，连吆喝也变得更加专业。他推一辆小平车，车上摆着水筲粗细的两捆葱，车把上挂个盛鸡蛋的荆篮。他一面打捋着车上的葱脖儿、葱叶，一面拉出长声优雅地吆喝着："鸡蛋换……（呜）葱！"随着喊声，来换葱的人陆续出现了，她们大多是家里顶事的女人。女人在手心里托个鸡蛋，鸡蛋在黄昏中显得很白，女人倒显得很模糊。她们把洁白、明确的鸡蛋托给卖葱人，卖葱人谨慎地掂掂鸡蛋的分量，才将鸡蛋小心翼翼地放入荆篮。一个鸡蛋总能换得三五根大小不等的葱。女人们接过葱，却不马上离开，还在打葱车的主意，她们都愿意再揪下一两根车上的葱叶作为"白饶"。卖葱人伸出手推挡着说："别揪了吧，这买葱的不容易，这卖葱的也不容易。"买葱的女人还是有机会躲过卖葱人的推挡，揪两根葱叶的。她们攥紧那"白饶"的葱叶，心满意足地往家走，走着，朝着"白饶"的葱叶咬一口，香甜地嚼着，葱味儿立刻从嘴里喷出来。女人拿鸡蛋换葱，揪卖葱人两根葱叶显得很自然。

西贝家不拿鸡蛋换葱，他们珍惜鸡蛋，地里也种葱。向家拿鸡蛋换葱，向家出来换葱的多半是向文成的媳妇秀芝。秀芝换葱不揪葱叶，她不是不稀罕近在眼前的葱叶，她是觉着抹不开。但对于鸡蛋大小的认可，有时她也和卖葱人的看法不一。卖葱人说向家鸡蛋小，当少给其葱，秀芝就说，这鸡蛋不小，别少给了。最后，卖葱人把秀芝已经拿在手中的葱左换右换，终是把大的换成小的。秀芝也不再争执，心想，天天见哩，随他去吧，吆喝半天也不容易。

一个卖烧饼的紧跟着卖葱的走过来。这是邻村一位老人，他步履蹒跚，扛个大柳编篮子。一块白粗布遮盖着篮子里的货物，这盖布被多油的烧饼浸润得早已不见经纬。老人喊："酥糖……（咜）烧饼！"老人篮子里有烧饼两种，代表着当地烧饼的品种和成色。这里的烧饼以驴油做酥面，与水和的面层层叠叠做成。酥烧饼带咸味儿，一面沾着芝麻粒儿；糖烧饼也酥，却以甜见长，不沾芝麻，只钤以红色印记。买主来了，老人掀开盖布，和买主就着暮色一同分辨着酥的和糖的。但他决不许买主直接插手——那酥怎娇气。他的辨认从不会有误，篮子里次序有致。笨花村吃烧饼的总是少数，因此老人眼前的顾客就不似鸡蛋换葱的踊跃。但老人还是不停地喊着，这常常使人觉得他的喊声和生意很不协调。他的嗓音是低沉中的沙哑，倒把卖葱人的喊声衬托得格外嘹亮。卖烧饼的老人在向家门前喊着，他是在喊一个人，便是向喜的弟弟、向文成的叔叔向桂，先前他买烧饼吃。黄昏时笨花人常看见人高马大的向桂走到卖烧饼的跟前，从口袋里抻出一张票子，豪爽地放到老人篮子里，拿几个糖的，再拿几个酥的，迫不及待地张嘴就吃。卖烧饼的最愿意遇见向桂这样的顾客，他们不挑不拣，不计较烧饼的大小，有时甚至还忘了找钱。可惜向桂已经离开笨花在县城居住，但卖烧饼的老人还是抱着希望，一迭声地试探着，希望能喊出从城里回来探家的向桂。当他的希望最终变成失望，他停止了吆喝在向家门前消失后，大半是一个卖酥鱼的出现了。卖酥鱼的不是本地人，他操着邻县口音。邻县有一个季节湖叫大泊洼，洼里专产一种名为小白条的鱼，大泊洼也就有了卖酥鱼的买卖人。笨花人都知道大泊洼的人"暄"，不似本地人实在。卖鱼人在笨花便也不具威信，他们来笨花卖鱼时就更带出些言过其实的狡黠。

笨花村吃鱼的人是凤毛麟角，单只向家有人嗜好鱼腥儿，就是向喜的女人，向文成的母亲同艾。那是她跟随丈夫向喜在外地居住时养成的一种习惯，一种"派"。同艾先是跟向喜住在保定城东小金庄，吃保定府河和白洋淀里的鲫瓜、鲤鱼，那是向喜由保定武备学堂毕业后，进入北洋新军期间。后来她又跟向喜在湖南吃洞庭湖里的胖头鱼，那是向喜驻防城陵矶期间。之后她还吃过沿长江顺流而下的洄鱼，那是向喜驻防湖北宜昌期间。再后来她还吃过产自吴淞口三夹水的腌黄鱼，那时向喜在吴淞口，正统领着驻扎于吴淞口的陆军和海军。从同艾的吃鱼历程可以看出她经历的不凡，还可看出同艾的丈夫向喜本是一位行伍之人，她的吃鱼经历似也代表着向喜在军中的经历。虽然，几年以前向喜的行伍生涯已成历史，但向家门槛下的匾额仍然清楚记载着向喜在军中的位置。有块朱底金字的匾额，上书：干城众望。上款为：贺向中和先生荣膺陆军第十三混成旅少将旅长；下款为：中华民国十一年笨花村乡眷同敬贺。向中和便是向喜，向喜从戎后就不再叫"喜"，他为自己取名向中和。

　　这个黄昏，同艾受了卖酥鱼叫喊的吸引，掏出张老绵羊票让秀芝去买鱼。同艾吃鱼纯属个人嗜好，如同人的抽烟、喝酒。逢买鱼，她一向动用体己。秀芝为同艾买回半碗酥鱼，那一拃长的酥鱼在碗中一字排开，金灿灿的倒也可爱。同艾看见鱼，迫不及待地伸出筷子便尝，但那入口的东西却并不像鱼，像什么？同艾觉得很像煮熟的干萝卜条，才知受了坑骗。她也不责怪秀芝，端起碗就去追那个卖酥鱼的。那卖酥鱼的已经不见踪影，墙根儿只剩下一个卖煤油的。卖煤油的知道向家太太同艾受了骗，愤愤然道："人不济，还敢在这儿久留？"同艾本来是要冲着卖鱼人的去向大骂几句的，同艾心里自有骂人的语言。不过当她一想到邻居西贝家小治媳妇骂人举止的不雅，遂把脏话咽了回去。 同艾在人前是注重行为举止的，平时她说话斯文，语言多受着外地的感染。 她操一口夹带官话的本地话，笨花人说"待且"，她说"待客"；笨花人说"看戏"，她说"听戏"；笨花人说"喝茶"，她说"吃茶"。 受了骗的同艾总算把就要出口的骂又咽进肚里，只对卖煤油的说："才相隔几十里，怎么就不知道认个乡亲。"她说的还是那个卖鱼的。 卖煤油的就说："出了名的暄。"他说的也是那个卖鱼的。同艾的气还是再次涌上来，气着，把半碗酥鱼泼到当街，奔回家中。院里，儿子向文成正站在廊下擦灯罩，他一边冲灯罩哈着气一边说："这才叫萝卜快了不洗泥呢。 鲜萝卜倒有个顺气理肺的功能，这干萝卜条比柴火棍子也强不了多少。"同艾接上向文成的话，也才把那卖酥鱼的骂了声"黑心贼"，说，黑心贼快遭天打五雷轰了。 她骂着，骂里却又带出一串笑来。 向文成又说："那大泊洼的鱼也能叫鱼？ 即便是真鱼，比个蚂蚱的养分也强不到哪儿去。"同艾的儿子向文成是个读书人，但他幼年遇到灾病，一只眼已经失明，另一只眼仅残存着微弱视力。 仿佛就因了视力不强，向文成便分外注意对灯罩的擦拭。 他冲灯罩哈一次气，擦拭一次；再哈一次气，又擦拭一次，直至他确认那灯罩一尘不染。 向文成和同艾说着鱼和蚂蚱的养分，门外又传来卖煤油的吆喝声。 卖煤油的喊："打洋……（咓）油！"他在喊秀芝，秀芝不出来打油，卖煤油的横竖是不走。 他偎住墙根儿，把自己鞴在一件紫花大袄里，他眼前是一只长满铁锈的膝盖高的方油桶。 如果在天亮，可以清楚地看到油桶上凹陷的字样：美孚油行。 这只有着美孚油标志的原装桶上摆放着两个提，一个为一两，一个为半两。 向家的每盏灯里，隔长补短要添足半两煤油。 秀芝走过来，把灯举到卖油人跟前，也不必说话，卖油人就把煤油一提一提地提入向家的油灯里。 秀芝则把早已备好的零钱递过去。 向家与卖油人的交易最为简洁，无须挑拣，对分量也不存争议。 洋油产自美孚油行，想掺水也掺不进去，不似卖酒的。

就在卖油人将煤油提入秀芝的油灯时，一个人影儿正从东向西飘忽过来。 这人个子偏矮，紫花大袄的前大襟被他掀起一角掖入腰间的褡包，一杆旱烟袋搭在肩上，烟袋的后边连着火镰和烟荷包。 他走起路来身轻若燕，宛若戏台上的短打武生。 每天的这时，他都要移动着碎步从笨花的最东头走向最西头。 每天他都要从卖煤油的油桶前走过，每天煤油桶前都有打油的。 每天打油的跟前都站着秀芝，每天秀芝看见他就像没看见。 转眼间他的脚步所到之处就是笨花一条街。 这时街上的闲人多起来，他们像专门等待着这个时刻，专门等待着这人的到来。 或许这才是笨花村真正的黄昏。

这人叫五存，他这习惯性行为使他得了个绰号叫"走动儿"。 此时走动儿正敦促着自己往一户人家赶，这户人家有个正等待他的女人。 走动儿没有办法阻止住自己这每天黄昏时的走动儿。 如果男女之间有一种见面叫作幽会，那么这就是幽会了。 所不同的是，在这场幽会里已没有任何秘密可言。 一街的人都在等待着这个几分浪漫、几分刺激的时刻，等待这个时刻的人里也包括了那女人的丈夫和儿子。 女人的丈夫叫元庆，也姓向，是个胡子连着鬓角的驼背。 女人的儿子叫奔儿楼，奔儿楼上学，刚念小学四年级，却写得一手好字。 过年时他写半个村子的春联，近两年向家写对联也找奔儿楼。元庆自家门上也贴着奔儿楼写的对联，这对联每年都是"又是一年春草绿，依然十里杏花红"。

走动儿来了，走动儿走到奔儿楼家门口，紫花大袄擦着或新或旧的春联"潜入"奔儿楼家。这时元庆和奔儿楼便从家里"溜"出来，元庆扎个人堆，和大伙儿一起海阔天空起来；奔儿楼只靠在自己所写的对联上等待走动儿的离去：又是一年春草绿，依然十里杏花红。半顿饭的工夫吧，走动儿走了。奔儿楼便像个探子一样从人群里喊出元庆，二人一起回家。至此，笨花街上才变得鸦雀无声。黄昏结束了。

谁也不知道奔儿楼家的事是怎样发生、发展、运作的，懂得自重的笨花人，谁也不去了解和打探，他们只在等待新的黄昏的到来。

秀芝买回煤油，把几盏灯摆在院里的红石板桌上。向文成还在擦灯罩，他冲着灯罩哈一阵子气，再把块揾布塞进去，旋转着擦拭一阵，然后拽出揾布，把灯罩举到眼前对着天空照。其实天早就黑暗下来，星星早已布满天空，但向文成仍然举着灯罩对着天，他的照看不再是照看，那已经变成一种感觉。他是一个视力无比微弱的人，微弱到看不见夜空里的星星，更看不见灯罩上的烟尘。可他的感觉无比准确，他最愿意这个能够放射光明的玩意儿一尘不染。黄昏时收捡全家灯罩的永远是向文成。

向文成擦完灯罩，把灯罩一一扣在注满煤油的灯座上，并不急于点燃。他对着满天的星星不说油灯，单说电灯。他说，电灯的原理，就是靠了两极的接触，电有阴极、阳极，两极相吸才能生电，同极则相斥。汉口南洋兄弟烟草公司的霓虹灯有两丈高，晚上光彩夺目，也是靠了两极的原理。 向文成的说电、说电灯，仿佛是自言自语，又仿佛是在演讲；仿佛是说电灯原理，又仿佛说的是别的什么。

刚才厨房里一直有风箱声，现在风箱声停了，向家该点灯了。

向家点起了灯，一个黄昏真的结束了。

时光

刘烈娃

音乐轰鸣起来。是柴可夫斯基的《天鹅湖》。

平缓柔和的双簧,波涛似的一浪推着一浪,奏出了美丽的不幸的女主人公奥杰塔内心深处的哀怨——

太阳好极了! 只是这儿并非莫斯科大剧院,而是在 China,在北京,在文学院东南角的一个小花园里。

说它是花园,未免言过其实,充其量它只算得上是个角而已。 在这样的一个中午,我携着微型收录机,独自待在这静静的角落。

音乐呼唤着灵魂,灵魂在无国界的音乐中神游。

我产生一种奇怪的念头:我是谁? 我是我吗? 为什么待在这样一

个地方?

从一种多方位的嘈杂中突然跌入这样的宁静,愉悦之余,却疑心起这一切的不真实性来。

本来我为了一些世俗的或者是功利性的东西,是要准备放弃这次来学院深造的机会的。

"哈! 你瞧人们都在忙什么呢?"

自己也犹疑。 不是吗? 大家都在忙,我似乎也应当忙起来才对得起地球。

但接着就茫然:我该忙些什么呢?

想不明白的时候,就坚定地朝着一个方向走,反正不能停下。 这和在森林里迷路是同一个道理,否则就会绕在林子里面永远出不来。

我不敢回头,害怕一回头就会丢掉我自己;害怕自己会像古希腊神话中的俄尔甫斯那样,在没走出冥界之前就违背了对神的诺言。 忍不住回望了一眼,结果他受到了最惨重的惩罚。

我实在是不敢回头。 结果我赢了。

真诚的朋友说,坚强的灵魂才能做到这样。

我有点得意。 上帝是公正的,他不让你白白孤寂苦痛一场。 我是从遥远的西部极地,觅来了大补灵魂之秘方啊,为了寻找这方子,我花了整整17年功夫。

神秘的雪山背后肯定有蓝色精灵。

干涸的沙漠地带肯定有大贤大圣。

我头也不回地朝一个方向走。 虽然我不知道这样的走法可不可以走出困惑着我的原始森林。

便把一步也不肯离开自己的心肝宝贝女儿暂时寄放在南方老家。

我女儿的姥姥坚决地认为我更需要休息调养理疗看中医心理咨询……

我仍然坚定不移地朝一个方向走,虽然我不知道自己在寻找什么会不会找到,但冥冥中那股神秘的力量肯定在指引着我前行。

音乐的节奏和调式转换了,四只小天鹅轻快地弹出来——

可是,我突然遇见了他。

不是他叫我,我真不敢认的。 是我在西部边陲共事多年的战友。好像有十来年不见了吧,却突然在北京,在这样一个只能称之为"角落"的地方相撞。 究竟是地球太小人心太大,还是人心太大宇宙太小,抑或是互为辩证互相转化?

我淡淡地笑着,无喜无悲无怨无恨。 他轻轻地握了握我的手,我们就这样静静地相互注视了片刻,便说再见了。

音乐如涨潮般淹没了我的心。 (还是我感觉上的一种配音效果?)

我想起来了,我们之间是曾经有过很大隔阂的,是红过脸的。 多少年我们互不理睬,我甚至知道他在背地里很重很重地伤害过我。

他怎么知道一个女子的心是绝对不能随便伤害的呢,他知道他胡言乱语产生的恶果吗?

那就是我曾经竭尽全力地鄙视他诅咒他,在心里枪毙他一千次一万次……

然而他却还活着,而且听说活得还蛮旺盛。

我呢也没有因为别人的中伤而倒下,也是一天天好起来。

时间是褪色灵是腐蚀剂，是魔鬼还是万能的上帝？能把人类的一切美好或是丑恶的东西展现出来，之后便化为乌有。

我的一位导师说："当我下地铁的时候，是现在的我，但当我走出地铁的时候，我就不再是刚才在地铁下面的那个我了。"

这短短几句话叫我心惊肉跳了好长时间。

我一直在想，那听似平常实则如巫语般令人惶惑茫然也令人深思令人彻悟的话，究竟蕴藏着一个怎样的人生之谜底呢？

为了解开这"人从哪里来，又将回到哪里去"的千古之谜，或者为了证实自己真正地活过一回，人们是多么忙碌啊。

可是很多时候，有的人活着活着就活错了。（包括我自己在内）。

这种情形，就好比小时候听到过的一个笑话，说一个孩子记性差，妈妈叫他去买酱油，他怕自己忘了，就一路念叨："酱油酱油酱油……"然而不幸的是半路上他突然被一个铁罐绊倒在地——"叮哪哐啷！"孩子爬起来，便一路念叨："叮哪哐啷叮哪哐啷……"到了店里，递上钱和瓶子说："买一斤叮哪哐啷。"

这个笑话，至今使我觉得十分可笑。

可是仔细去悟它，又冒出一种乐极生悲的感觉。

难道不是吗？有时候，当我们朝着人类共同的幸福目标迈进时，我们会突然被另一种狂热的不切实际的或是信抑或是别的什么东西所迷惑。于是先有数人数十人，之后是成千上万人共同跌入一个庞大的怪圈。而当他们终于发现了这一惨重的误差，想要爬起来继续前进时，全人类的历史已经向前奔跑了好些年。

大的方面如此，小的方面就更不要提生活中那些鸡零狗碎的事，你若不小心，就会绕进去出不来，一点一点地磨损你的热情你的灵性，耗尽你的精力你的才华，你却浑然不知，认真地做着浪费时光的蠢事。想起来，还有什么比这更可悲的呢？

写到这里，我想我好像是快要找到走出森林的那条路，并且是的确原谅我的那位战友了。 但我一定不会请他吃饭什么的，因为没有时间也没有必要。 但也许，仅仅因为我是个女人。

真的，我说的都是大实话。

放筏
——漂泊的生命

鹿子

　　黄河边，和腾格里金色大沙丘遥相望，屹立着一架百年老水车。三丈六尺高的身骨，为那个小山村赢得个美名——水车村。多么富有吸引力，特别对于一些到了黄河仍不死心的人。

　　怎么去呀？三十里地，不通车又不通船，望着河对岸寸草不生的黄土岭，我发愁了。

　　守着一条大河，还愁漂不到那儿？河边的老乡正晾晒在水里浸泡了一夜的羊皮筏子。

三排十四个羊皮筒吹得鼓胀发亮,上面缚上一米见方的杨木排。划了四十年的筏子的老童轻轻地扳着单桨,羊皮筏子便载着我们向波光粼粼的河中心漂去。 下水之前,老童一只只检查过,气不足的便将麻绳扎口解开,嘴对着羊皮筒吹,一会儿就鼓溜圆。 这羊皮筒是囫囵羊皮,只脖子断处留了个口子。 里面放过盐,可避免腐烂;表皮上过桐油,防止渗水。 小小一只羊皮筏,在河上经得住两千斤重负,现在载上我们两三个人,简直轻若鸿毛,漂在河上离水不盈尺,伸手就可以撩起水花。

"我可以一直把你们送到水车跟前。"老童说,"那回来呢? 逆水二三十里,筏子这么轻,不被水流冲走才怪。""走旱路,背回来。""那怎么行,你这么大年纪。""嗐,年轻时,放筏去中卫县。 四十里地,一天跑三个来回。 光背筏子走旱路就一百二十里地。"老童两眼放光,好汉不减当年勇的架势。 在我们的坚持下,他才同意让儿子来替他,向河边打个呼哨,算是联络信号。"骑上飞鸽!"他又向岸上吼。

我正纳闷,小童和飞鸽自行车将如何上筏,身上突然剧烈地沉浮摇晃起来。 原来筏子已漂到一条古老的无坝引水渠——美丽渠渠首旁。河水漫过闸门,回流到河床中,急浪涌起一人多高,漩涡一个接一个。满河的碎玉银光。 打开相机刚抢拍了一个镜头,一个大浪扑过来,全身浇了个透。 连忙捂上镜头,把宝贝抱在怀里。 抬眼看老童,双腿都打湿了,仍不惊不慌,双手奋力扳桨。 眼看冰河开冻似的,一排排雪浪将筏子推得直打旋儿,我们双手死死抓住身下的细杨木棍,生怕被打落水里。 一只单桨,一双和激流搏击了四十年的大手,操纵着一片树叶般的小筏子如此这般在浪峰间躲来闪去,终于安然漂到缓流中,慢慢朝岸边的砂石堆靠拢。

这时我方看清，那儿站着小童，推着一辆自行车，在等着和父亲换岗。我也才明白为什么老童执意要上筏送我们一程，他是在替儿子闯险。自行车朝筏上一横，我们分坐两旁，小童代替父亲坐在筏头。他抱着桨，却不划，任筏子顺水而下。有时一股水流将筏子冲得头朝后尾朝前他也不管。"反正老水车又没长腿，溜不掉。乐得看看山景，随它漂。"他说得好洒脱。

顺着小童指的方向看去，光秃秃的山坡上蜿蜒着一段低矮的土墙，山头上突兀隆起一堆黄土。没有田地没有人家，却孤零零地立着一座青砖灰瓦的土帝庙。

"那是长城，那是烽火台，明代的。"小童回头遥指河西的沙海，"长城就是从我们这里飞过黄河飞过沙海一直往西，到嘉峪关……"

一边是黄涛起伏的腾格里大漠，一边是风雨剥蚀的古长城、烽火台，身下是清可见影的黄河水。轻舟浮游其间，天地沧桑，一瞬而已。

深秋，河风习习，一件蜡染外衣已挡不住丝丝凉意。几只沙地青苹果，一把拾来的酸沙棘，伸手浸在河水里一洗，给我们的水上漂流增添了些许情趣。

"那边有一家卖羊肉烩面的，要不要去？"

晌午快到了，肚子叽里咕噜起来，小童的问话简直是及时雨，我们大叫快靠岸。他这才把早已吹干的桨伸进水里，悠悠然地划将起来。人上岸，筏子咋办？小童自有办法，把筏子从水里拉起，靠在岸边石头上。"谁也不会偷走。这里的人认得我爹认得这筏子。"

一家夫妻小店，两间不足十平方米的平房，冰箱、炉灶齐全，又宽又厚的面，配上辣子炒牛肉，一人一海碗，外加一盘卤牛肉。女店家手巧，一片片切得飞薄透明，撒上细葱花碎姜末，淋上小磨麻油、酱油，味道只怕比美式牛排还略胜几分。

带着一身暖意上筏继续漂流。正午的阳光把河水染得金光闪闪。远远地在河的东岸有一黄色巨轮嵌在蓝天上绿树间。

"水车，那就是张家水车。"小童来了劲，舞起了单桨。

"怎么叫张家水车？"

"一百年以前那里有个小木匠姓张，听说江南来人会打'天车'，就背上干粮去学艺。整整当了三年学徒，那个师傅见他好，才把造'天车'的图样送给他。回村之后他打了一架大天车，黄河水才引上了岸。"小童边划边说，筏子径直漂到水车脚下。

不只一架，是两架。偌大的圆轮悬在半空，令人不得不抬头仰视。

上岸，把筏子拉上去，竖立在水车旁。我们前后左右地跑、看，兴奋得像回到了和水车一样古老的童年。那水车轴足有一搂粗，伸长双臂吊在上面，却怎么也攀不上去，太高太险啦，脚下是从黄河里引来的清流。水车借风转动和水流的冲击，圆轮上的大叶片便可将水扬到木渡槽里，再汨汨流到山坡下的田地里。现在圆轮没有转，水浅，又没有大风。

细细看去，其中一架木质更为坚硬，纹路粗糙，凹凸有致，颇像一位饱经风霜的老人。这就是一百岁的张家水车吧！两个圆轮旁伫立着一根粗大的枯木，从它身上伸出去的残臂断肢犹存。这么说它们曾是三兄弟，并肩立在黄河边。十年百年，它们不孤单不寂寞，木轮飞转，多少清波多少水花从它们的手臂上扬起飞落进干渴的黄土地。

如今，一个兄弟已去，剩下的两个也朝不保夕。听说，有了电泵，有人嫌它们碍事想拆除掉。到那时，黄河边将徒存几截枯木桩，像黄土岭上的古长城空余半截烽火台几垛黄土墙，戚然地目送黄河水东流去。

初见它们时的惊喜，顷刻化为惋惜。

我们爬上爬下看了个够，也拍了个够。胶卷拍完了，热心的小童骑自行车到很远的集镇上去购买。想不到会划筏善讲故事的小童还是个照相能手。

"留个影！"我们争着要他拍照。留下吧，壮美的圆轮，剥蚀的木架，飞扬过的木臂，连同那百年以前一个年轻匠人的斧凿印痕一个美丽的梦……

告别了古老的黄河水车，仿佛告别了一个古老的梦。小童将羊皮筒放瘪几只，将筏子竖起用粗麻绳绑在自行车旁。几十里旱路，他愿推上筏子与我们同行。

"不累么？你骑上先走一段。"

"好。我在渡口等你们。"他身轻似燕地跳上车，沿河扬尘而去。在他背后像张起一面金色的帆。

送我们远去的，只有身后转动了百年的黄河天车，把巨轮般的身影投射在蓝天上，又跌落到它们如许眷恋的大河里。

梦里说梦

张子良

我在沙漠中独行。

多少日子以来的苦恼，终于在这个鬼地方找到了答案，我不禁快活起来。

天蓝得出奇，太阳把刺眼的光芒一束束地刻在澄澈如镜的天幕上，如针似箭地往脸上、背上扎。我干渴浮躁，一意孤行，在这没边没沿的沙海里浮沉游荡。然而我不知其苦，我被长期以来的寂寞孤独训练得麻木不仁，如是境遇，不就是我正常的生活吗？

我明白了。我明白了。

我的寂寞孤独不是心绪使然，而是环境使然。

我的周围曾经很红火，很热闹。人们莫名其妙地把我当作名人，蜂蚁般地围拢我。我忙得焦头烂额，答记者问，答学生求教，向请示者点头摇头，给情迷迷的小姐们装腔作势。每天过得十分忙乱，每天心里十分空虚。不知什么时候，没有发生战争，也没有出现瘟疫，人们却先后云散了。我已经心安理得的空虚和习惯成自然的忙乱，突然中止了。一种哀伤就在心底升起。哀伤无解，就怨尤。怨尤无解，就愤怒。愤怒无解，我就出走。走来走去，原来世界本来就是这样，天蓝得出奇，太阳刺眼得厉害，周围是没有生命，没有声音的沙漠！

我想坐下来歇息。

但冥冥之中，有一个声音提醒我：不能坐下！又好像是我过世的父亲、母亲，或者爷爷在耳旁叨叨：人这个东西，原本是苦命虫儿。哭着来到这个世界，就得一路挣扎而去，一旦偷懒、歇息，就再也起不来了。我想：人哭着降世，就该悄悄地辞世。否则不合逻辑。我现在该是坐下来，悄悄地离世而去了。

我是没人能约束的人，想坐就坐了。

脚下是一蓬沙蒿，绿绿的，枝叶不大，却挺挺地伸展着。沙蒿底下的沙子很细，被风旋得一圈一圈的细纹儿，在沙蒿周围拢成勃勃的一蜂房式的包儿。细细看去，居然有曲曲弯弯的爬虫印迹。我豁然了：不是这儿无生命，而是我肉眼凡胎看不见；也不是看不见，而是心绪浮躁，没有潜心着意！

我有些莫可名状地激动。

伸手扶起沙蒿的绿色枝叶，我呆了。

一位亭亭如玉的女子裸了身子，盘曲着卧在沙蒿之下，她把一支莲藕似的手臂支起来，托着好看的脸盘儿，笑默悠悠地看着我。这是谁呢？我不陌生，也不认识。像我妻子？像我的母亲？像我的头脑里长期塑造的那个美人儿？我傻呆呆地望着她，一句话也没有。

别这么瞪着我。她说。声音一点儿不娇弱，像沙漠中滚地而行的风，有金属质地振动，也有流水一样的喧嚣。我愕然了。她却洋洋地一笑。

你不是找我吗？她说。脸上闪起一种狡黠的光影，你在寂寞的头脑里，不是千百次地塑造过我吗？你有一副勇敢的头脑却又胆小如鼠。你不肯对人表白，却总是心猿意马。你热爱生活，却被生活冷落。你创造美好，却被丑恶作践，你明知理想总是幻影，却总以理想欺哄自己。你本来平庸、低贱，却一味地装作不凡、拼命捕捉高贵！你抛却了真实的你，以虚假的你怨天尤人。你不肯脚踏实地，硬是提着头发悬在空中，然后向人们展示你的可怜——终于，你用自己的脚向我走来了，我感到欣慰：你开始研究自己了……

我的背心里渗出了汗水，然而我不明白眼前的一切。

我想说什么，但没有说出来。

她笑了。唇红齿白。坦白，自然的声音，如琴瑟淙淙，如流水叮叮。微微颤动的肢体，漾过一纹一纹的快活，浸润得我周身清爽。

人活着为了什么？她说。哲人说过，人活着就是为了吃饭。吃饭自然千差万别，但任何等级的吃饭总是实实在在。这话听起来平庸、琐屑，但很诚实。你不明白诚实的道理，不承认真实的自己和自己所处的真实环境，于是就苦恼。苦恼是什么？是真实对虚伪的惩罚！明白人在惩罚中清醒，糊涂人在惩罚中死去。你原本就该是个讨饭小子、庄稼汉，现在八面伸手，讨了不少好处却不知满足，难道不该惩罚吗？

我清醒过来，不住地对她点头。

她大笑起来，身子一曲一挺，音容体态倏然消失。慌乱之中，我扶着沙蒿枝叶儿的手一松，一团绿影在眼前一晃，一条肉色的蜥蜴钻出沙蒿丛，就在沙地上游起了。

沙地上清晰地留下一条爬虫的印迹，远远地溶在沙漠里，溶在太阳光芒里，溶在蓝天的澄澈里。

我还是我，一个人木石一样坐在沙梁上。

不知为什么，我想回家了。或者是生我养我默默无闻的小理河畔，或者是喧嚣之时，上班下班的电影制片厂。折磨我，绞杀我，快活我，激动我的生活模式和程序依然吸引我，我就站起来，抬起疲惫的、沉重的脚步。

沙漠无边无际。

天蓝得出奇。太阳的光芒依然耀眼刺人。

好像是父亲、母亲，或者爷爷的声音在说，人在挣扎的道路上，不是坐下歇息就会死的，只要你的心不死，意不灰，你还可以重新站起来往前走……

我依然是麻木的。

因为大梦初醒，周围一片静寂，一片黑暗。或许太阳正在东海中腾起，或许蓝天正在云翳中脱出，或许沙漠就不曾醒过，也不曾睡过，或许那蜥蜴美人儿就根本不存在。而我，很真实地睡在床上，用什么也看不到的眼睛，看着世界。用依然搏动的心体味着身旁甜睡的妻的鼻息和温凉永远得宜的体温……
　　苦恼，确实是心绪使然？

我另外的一生已经开始（两篇）

刘亮程

两个古币商

年轻的阿訇肉孜，一边念经一边做着倒卖古币的营生。他家住在沙依巴克街一条小巷子里。从一扇不起眼的小木门进去，里面是一间套一间迷宫般的小房子。在他家里可以看到库车两千多年来各时期的钱币，自汉代以来中原各朝代的铜币，以及从古丝绸之路上过往商人留下的许多国家和王朝的金币银币。肉孜不做收藏，只是倒卖。暂时卖不掉的留在家里，日积月累，他留下的古币已经成箱成柜，其数量种类早已超过专门的收藏者。

肉孜阿訇很少离开库车，自然不知道一枚龟兹铜钱在广州、北京的钱市上是什么价。他只是廉价收来，能赚一个自己满意的数目，就出手了。他主要的买主是新城里的小兰姑娘。小兰做了十几年古币生意，知道外面行情。她也很少打问肉孜多少钱从别人手里收来这些东西。常常是肉孜说一个价，小兰觉得有赚头便成交了。

肉孜早先做旧地毯生意，是小兰把他引入经营古币这一行当的，时间大概是二十世纪九十年代初。那时肉孜在乡下收购旧地毯，顺便捡了半袋子铜钱，回来后也没当回事，见锈迹斑斑的，便倒在石灰盆中浸泡。这事不知怎么让小兰打问到了，以五毛钱一枚的价格全部买了去。

聪明的肉孜阿訇不久后便打问清楚了，小兰从他手中买走的铜钱，是新疆制的"建中大历"，当时全国仅发现两枚，每枚市价五千到一万元。小兰一下购得300枚，成了钱币界的一件大事。这批古钱富了小兰也使肉孜阿訇从此改行，专营起钱币生意。他的生活，也从那时起一年年好转起来，一开始骑毛驴、坐驴车下去找钱，后来改骑摩托车。房子也由早先的一间扩到现在的许多间。他和小兰，成了库车钱币行的一对好搭档。

肉孜汉语说得不好，只会简单几句，无法到外地做钱币生意。小兰也只懂简单的几句维吾尔语，很少亲自到下面的村子里收购钱币。他们自然而然地做起联手生意，一个跑乡下，一个守城里。库车远远近近的村子，以及和田、阿克苏、喀什的大小村镇，都经常能看见肉孜和他那辆红色摩托车的影子。那些大户人家的宅院、没落贵族后裔的破房子里、废品收购站，以及铜匠铺中，都有可能出现好东西。肉孜见什么收什么，只要他认为的好东西：古钱、旧铜器、金银元宝、首饰、羊皮书……统统弄回家里。小兰则坐守城中，在肉孜弄回的大堆破烂中寻找自己需要的东西。有些古币肉孜不认识，很便宜就让小兰买走了。好在肉孜聪明好学，吃一次亏可就长一次见识。他除了向同行请教，还专门学习汉字，翻阅钱币书籍，渐渐地也懂得了一些钱币的知识和价值。他和小兰的关系，也逐渐变成两个钱币内行的交易。

两个古币商，多少年来就这样倒腾着这片古老土地上的钱币，从汉、魏晋时期的和田马钱、龟弦"汉龟二体钱"（钱币中铸有汉文、龟兹文两种文字）察合台汗国钱到十七世纪后期的准噶尔"普尔钱"，以及贵霜、波斯、拜占庭等古老王朝的钱币，都在他们手中汇聚，然后"流通"到各地。

一枚库车出土的古钱，一般经过这样几个环节到达广州、北京的钱市。先是一个农民翻地挖柴（或偷偷到古城址挖掘）时，一坎土曼刨出来，有时一枚，有时数枚或一堆。

接着是听到消息的肉孜阿訇，连夜骑摩托车下去，找到挖坎土曼的人。往往去晚了钱币已经到另个钱贩子手里，也可能一夜之间转了三次手，从一个村庄倒卖到另一个村庄、价钱也翻了几个跟头。肉孜只好多花钱买回来。不管多贵买来，肉孜都会再加上一个自己满意的数字，卖给别人，这部分是利润，他一般不让人。然后是小兰，她一般每星期去一趟肉孜家，肉孜有了新货也会及时打电话给她。小兰看过钱币的种类品相后，马上打电话给在广州做事的丈夫，丈夫报给她那边的价位。小兰一般不跟肉孜讨价，他们合作了十几年，早熟悉对方的脾气，她觉得价格合适就立马成交。顶多五天后，这些古币便通过邮政快件，到达广州钱市。

这个过程中赚得最少的是那个挖坎土曼的人，虽然他只投入了一点力气，还是意外之财，但这坎土曼刨出来的，或许是他一生唯一的一次好运气。若卖到几千块钱，就足以改变他一家人的生活。可是，他仅卖了几十块钱，够买一只羊腿，只改善了一家人一天的生活。不过这已经让他非常满意了。

赚得最多的，要算最终拥有这些钱币的那个人。一枚钱经过无数人的手，价格肯定高得不能再高。他买回来再往上标一个更高的价，摆在自己的珍藏柜里。他加的这部分或许已经超过所有经手者所赚的钱数总和。这样的钱，不是孤品也是世存无几，定多高的价都由拥有者说了算。最好的绝品最后都是有价无市，不管有没有人要，能否卖出去，拥有者都会把他增加的那部分算进自己的利润财产中。这是真正的懂钱人，要的只是一个有无限扩张可能的钱数，而不是可以拿在手中的一叠纸币。到了这时，一枚古钱又跟它未出土时一样深埋在某个人手里。

许多年前——二十世纪的七八十年代，新疆红钱在东南亚、港台卖到天价时，在南疆库车这样的老城镇上，它仅作为破铜烂铁被废品站收购，大部分被维吾尔敲工当厚料，烧熔敲打成铜勺铜盆铜壶。那些如今早已少见的和田马钱骆驼钱，唐代库车制币局打造的元字钱、清代的突其施钱——成批成批倒进炉中熔了，当人们知道它的价值时，已经很难找到。十几年前还在孩子手中当玩具乱扔的古铜币，像一个季节的杏子一样，落得干干净净，说没有就没有了。

一段时间，挖寻古币似乎成了库车农民的一项收入。那些郊外种地的农民，翻地挖渠时都比以往更加仔细眼睛盯着翻过去的每一锨土。秋天收土豆和胡萝卜时，也比以前挖得更深，在没有果实的毛根尽头，有时真的躺着一枚锈迹斑斑的古币，成了地里意外的收获。它的价钱，少则几元，多则几十几百元。当然，他们不会卖到这么高价。他们从不会知道一枚古钱的真正价值，值几百几千元的一枚钱，在他们手里，卖几十上百元就不错了，剩下的利润是倒卖者挣的。

一块地若发现了古币，这块地就遭殃了。被人翻上几遍，挖得大坑小坑的，把深层的沙石都挖上来。有专门靠找古币谋生的人，腰系绳子，扛一把坎土曼，从一座古城走向另一座古城。这片大地上荒弃了多少座古城谁也说不清楚。有的留有残垣断壁，有的埋在黄沙白土中不为人知。一场场的风掀动沙土，埋掉些东西又显露些东西。找钱币的人，等到大风过后踏上荒野，风吹开一枚古钱上的累累沙土，露出不认识的半圈文字，吹露一只土陶的鲜丽彩图。有时风在茫茫沙海中刮出一座古城的清晰轮廓，人们寻找多年，从史书中走失的一座城池，奇迹般地出现了。成堆成堆的财宝埋在沙子里，这只是一代又一代寻宝人的梦。每一个寻宝人都想通过散落的一枚钱，找到一个王国的金库。

听说会找钱币的人，夜晚躺在荒野上，耳朵贴地，能听见钱在地下走动、翻身的声音。在深厚的沙土里，它们一个碰响另一个，像两个寂寞的孩子相互逗趣儿。

懂钱的人，能够看出钱的寂寞。一块钱和一个亿，同样孤独。人在钱上的良苦用心，并不能消解钱本身的孤独。一枚贫穷时代的钱、一枚强盛王朝的钱、一枚短命朝代的钱……个个时代的钱最后全扔到土里，用过它们的手早已成灰，梦想它们的人依旧年轻。

钱会枚枚被找到，埋藏再深的钱也会被找到。这座老城将越来越穷，它积蓄几千年的钱，正被人倒腾光。不知道这些古钱当时买走了库车的什么东西。如今，它们成为最后的商品被卖掉。倒卖它们的两个古币商，并没有真正富裕。肉孜阿訇不断地把古币换成人民币，又用它买更多的古币。他家一间套一间的迷宫房子成了真正的古物仓库。

而小兰姑娘，开始只想靠倒卖古币挣点钱，做着做着却喜欢上那些古钱币，每次都把差的卖掉，品相好的留在手里，她开始做很系统的收藏。十几年来她的收入几乎全投到买古币上，有时为买一枚稀有古币还向别人借钱。她由一个古币商贩变成真正的收藏家，她收藏的新疆红钱，据说是全国最多最全的。许多新疆古钱的珍品、孤品，据说都在她的收藏柜里，那些东西，已经成为她生命的部分，再贵都不会卖掉。

我另外的一生已经开始

我说不出有四个孩子那户人家的穷。他们垒在库车河边的矮小房子，萎缩地挤在同样低矮的一片民舍中间。家里除了土炕上半片烂毡，和炉子上一只黑黑的铁皮茶壶，再什么都没有。没有地、没有果园、没有生意。四个未成年的孩子，大的十二三岁，小的几岁，都待在家里。母亲病恹恹的样子，父亲偶尔出去打一阵零工。我不知道他们怎么生活。快中午了，那座冷冷的炉子上会做出怎样一顿饭食，他们的粮食藏在哪里。

我同样说不出坐在街边那个老人的孤独，他叫阿不利孜，是亚哈乡农民。他说自己是挖坎土曼的人，挖了一辈子，现在没劲了。村里把他当"五保户"，每月给一点口粮，也够吃了，但他不愿待在家里等死，每个巴扎日他都上老城来。他在老城里有几个"关系户"，隔些日子他便去那些人家走一趟，他们好赖都会给他一些东西：一块馕、几毛钱、一件旧衣服。更多时候他坐在街边，坐大半天，看街上赶巴扎的人，听他们吆喝讨价还价。看着看着他就瞌睡了，头一歪睡着了。他对我说，小伙子，你知道不知道，死亡就是这个样子，他们都在动，你不动了。你还能看见他们在动，一直在走动，却没有一个人会走过来，喊醒你。

这个老人把死亡都说出来了，我还能说些什么。

我只有不停地走动。在我没有去过的每条街每个巷子里走动。我不认识一个人，又好似全都认识。那些叫阿不都拉、买买提、古丽的人，我不会在另外的地方遇见。他们属于这座老城的陈旧街巷。他们低矮的都快碰头的房子、没打直的土墙、在尘土中慢慢长大却永远高不过尘土的孩子。我目光平静地看着这些时，的确心疼着在这种不变的生活中耗掉一生的人们。我知道我比他们生活得要好一些，我的家景看上去比他们富裕。我的孩子穿着漂亮干净的衣服在学校学习，我的妻子有一份收入不菲的体面工作，她不用为家人的吃穿发愁。

可是，当我坐在街边，啃着买来的一块馕，喝着矿泉水，眼望走动的人群时，我知道我和他们是一样的，尘土一样多地落在我身上。我什么都不想，有一点饥饿，半块馕就满足了。有些瞌睡，打个盹儿又醒了。这个时刻一直地延长下去，我也可以和他们一样，在老城的缓慢光阴中老去。

我的孩子一样会光着脚，在厚厚的尘土中奔来跳去，她的欢笑一点儿不会比现在少。

我能让这个时刻一直地延长下去吗？

这一刻里我另外的一生仿佛已经开始。我清楚地看见另一种生活中的我自己：眼神忧郁，满脸胡须，背有点驼。名字叫亚生，或者买买提，是个木工，打馕师傅，或者是铁匠，会一门不好不坏的手艺。年轻时靠力气，老了靠技艺。我打的镰刀把多少个夏天的麦子割掉了，可我，每年挣的钱刚够吃饱肚子。

我没有钱让我的女儿上学，没有钱给她买漂亮合身的衣服。她的幸福在哪里我不知道，她长大，我长老。等她长大了还要在这条街上寻食觅吃，等我长老了我依旧一无所有。

你看，我的腿都跑坏了还是找不到一个好的归宿，我的手指都变僵硬了还没挣下一点儿养老的粮。

我会把手艺传给女儿，教她学打铁，像吐迪家的那个女铁匠一样，打各种精巧耐用的铁器，挂在墙上等人来买。我不知道她是否喜欢这种丁丁当当的生活，不喜欢又能去做什么。如果我什么手艺都没有，我就教她最简单简朴的生活，像巴扎上那些做小买卖的妇女纱巾蒙面、买一把香菜，分成更小的七八把，一毛钱一把地卖，挣几毛钱算几毛。重要的是我想教会她快乐。我留下贫穷，让她继承；留下苦难，让她承担。我没留下快乐，她要学会自己寻找，在最简单的生活中找到快乐，把自己漫长的一生度过。

我不知道这种日子的尽头是什么。我的孩子，没人教她会自己学会舞蹈，快乐的舞蹈、忧伤的舞蹈。 在上街土巷里跳，在果园葡萄架下跳。 没有红地毯也要跳，没有弹拨儿伴奏也要跳。 学会唱歌，把快乐唱出来，把忧伤唱出来，唱出祖祖辈辈的梦想。 如果我们的幸福不在今生，那它一定在来世。 我会教导我的孩子去信仰。 我什么都没留下，如果再不留给她信仰，她靠什么去支撑漫长一生的生活。

如果我死了——不会有什么大事，只是一点小病，我没有钱去医治，一直地拖着，小病成大病，早早地把一生结束了。 那时我的女儿才有十几岁，像我在果园巷遇到的那个叫古丽莎的女孩一样，她12岁没有了父亲，剩下母亲和一个妹妹。 她从那时起辍学打工，学钉箱子。 开始每月挣几十块钱，后来挣一百多块，现在她17岁了，已经是一个技艺娴熟的制箱师傅，一家人靠她每月250元到300元的收入维持生活。 古丽莎长得清秀好看，一双水灵的大眼睛里，闪烁着她这个年龄女孩子少有的忧郁。 那个下午，我坐在她身旁，看她熟练地把铜皮包在木箱上，又敲打出各种好看的图案。 我听她说家里的事：母亲身体不好，一直待在家，妹妹也辍学了，给人家当保姆。 我问一句，古丽莎说一句，我不问她便低着头默默干活，有时抬头看我一眼，我不敢看她的眼睛，那时刻，我就像她早已过世的父亲，羞愧地低着头，看着她一天到晚地干活，小小年纪就累弯了腰，细细的手指变得粗糙。 我在心里深深地心疼着她，又面含微笑，像另外一个人。

如果我真的死了，像《古兰经》中说的那样，我会坐在一颗闪亮的星宿上，远远地望着我生活过的地方，望着我在尘土中劳碌的亲人。 那时，我应该什么都可以说出来，一切都能够说清。 可是，那些来自天上的声音，又是多么的遥远模糊。

第三辑

静看百年的孤独

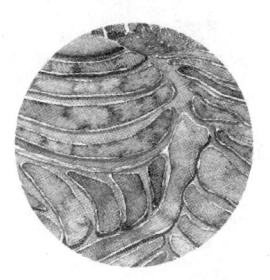

北桥，北桥

陈忠实

在大波士顿郊区三四十公里的康克尔镇，有一座小木桥，名叫北桥，桥下是一条悠悠静静地涌动着黑色水流的泥河。220年前的4月19日夜，美国"独立战争"的第一声火枪的枪声，就是在这座小木桥头打响的。

北桥从此便成为现代美国历史的启明星。或者说，在北桥的火枪枪声里诞生了一个美国。

北桥从此便成为美国历史和现实中最富声望的桥。康克尔小镇因为拥有北桥而成为闻名于世的一个镇子，波士顿人则因为"独立战争"的策源地而自豪和骄傲。

酿成这个伟大事变的起因却是一件小小的冲突。英国殖民者从东印度公司输入大量茶叶，严重地危及当地人的经济利益，当地居民便自发"揭竿"，把刚刚在波士顿海岸卸船的茶叶包扔进大海，用我们的习惯用语来说，矛盾一下子就激化了。这事件在我听来似乎有点耳熟，很容易把它和英国人输入鸦片到中国海岸所引发的冲突联系……英国人首先被激怒了，立即下达戒严令，不许当地居民乱说乱动。而崇尚自由自在的新大陆居民，对古老的英国殖民者以往那种妄自尊大和呆板的清规戒律的做派早已不能承受，也看不顺眼，可以说积怨积火已如欲喷的火山熔岩。这个晚被发现的大陆的居民与英国殖民者的冲突的实质，与世界上所有曾经被殖民过的民族无以数计的各类形式的冲突毫无二致。

康克尔小镇有一个农民自发的民间自卫组织。英国人在下过戒严令之后，决定摧毁这个民间武装的小团体，用意自然是要扑灭任何可能蔓延成灾的火星，时间定在1775年4月19日夜里。居住在波士顿城里的一位年青医生在天黑时得到了这个泄漏的军事机密，星夜骑马急驰30多公里赶到康克尔，把英军偷袭的消息报告给处于灭顶之灾的自卫武装。这个自卫武装团体一致决定反抗，虽然仓促，却有准备，最短暂的也最恰当的战术准备迅即作出立即实施。当英军士兵经过30多公里急行军赶到北桥桥头时，桥的那一头的丛林和草地里已经按各个最有利的位置潜伏着自卫的农民，武器是火枪。

当英军士兵怀着偷袭的窃喜列队跨上北桥，灾难便降临了。从北桥的正面和两侧骤然爆起的枪声，把他们出发时的全部美丽的窃喜葬入桥下的泥河。河是真正的泥河，没有一般河流通常都有的沙滩，密不透风的森林几个世纪以来的落叶沉淀在河床上，河水因此而发黑，人或马都不可能蹚过去。 无法料及的强硬的抵抗，首先使偷袭者从心理先输掉了，接续的便是溃不成军的慌乱和全线崩溃。 然而英国人的呆板做派还是不变，无论桥上桥下倒下掉进了多少同伙，后边的士兵依然列队整齐，不乱间隔继续涌上北桥。 桥那头的民兵几乎不用变换射击位置只需尽快地填充弹药，然后喷射到一堆堆送到枪口上来的目标身上。当地农民嘲笑英国人一切都按固定的程式运动的做派，这回是用火枪完成的。

从北桥之战开始，随后就风起云涌般掀起一场震撼世界的伟大的"独立战争"。 北桥随后便日益璀璨起来。 那位报信的年青医生也一代又一代地璀璨在美国人的心里。 纪念这位英雄医生的方式不是玉碑，也没有雕像，而是一行马蹄印迹。 在波士顿城里的一条街道的人行道上，水泥地面上镶嵌着一行马蹄铁驰过踩下的间距很大的蹄痕，是黄铜，被无以数计的脚踩得闪闪发亮。

这个北桥现在是美国国家公园，一切都按那场战争发生时的原样保存着。 低浅的丘陵被原始森林和野花野草覆盖着，树木不再人工增植也不许砍伐，枯死的树木一任其枯死、倒掉以至腐烂，也不作清理；茅草也是220年前的野草的家族的延续，不许烧荒也不许刈割，更不要人工培栽的新的花草品种；河依旧是那条泥河，野苇茅草丛生的泥岸，没有人工修整的一丝痕迹，至今仍然没有人敢于涉水过河；桥是用粗刨的原木架构的，没有油漆，桥栏被游人的抚摸磨损得哧溜光滑，粗的细的木纹清晰可辨；北桥通往公园各处的几条大路也是用黄褐色的砂砾泥土铺垫的，一切都按1775年的原样保存下来，让一切到此观赏的世界各地的游客充分感受当年的自然环境的气氛。成群成帮的鸟儿掠过头顶，从这一片树林喧嚣到那一片树林，多是一种通体墨黑的梭子体形的鸟儿，颇类似于我自幼见惯的知更鸟，然而叫声却相去甚远。不知这鸟儿是220年前的原种，抑或是后来迁居的新族？

桥头有一块纪念碑，大约记述了这儿发生过的事件的简单的经过。更令人注目的是那座雕塑，一个刚刚成年而仍未脱净稚气的乡村小伙儿，右手握着一支火枪，左手按着一把犁杖，猫着腰，前弓后殿着腿，沉静而又机敏地瞅着前方，前方十多米处就是北桥。他的农民服装上扎着一条武装带，再也找不出比民兵更恰当的称谓了。这个雕像我一眼看见就感觉似曾相识，无论抗日战争还是国内革命战争，中国南方北方的战场上到处都是这种武装起来的乡村青年类似的模样。

在桥的那一头，即英国士兵接近桥头的道路旁边，贴着地皮栽着一块小小的石碑，作为偷袭北桥而战死的英国士兵的墓碑，却是战争的胜利者为失败者立下的。碑文很短也很耐人寻味，没有仇恨没有诅咒，也没有胜利者的骄傲，有的只是一种惋惜。碑文大意说，这些年青人跑了三千多英里从英国来到北桥，死在这里；此刻，他们的母亲还在梦里想念儿子哩！

用这样动人的惋惜和怜悯的口吻，用这种人性和人道的泛爱的胸襟对死亡的敌手表示哀悼，可能是对那种殖民者又是失败者的最深刻也最深沉的心灵和良知的谴责。在波士顿市区，在华盛顿就任"独立战争"总司令的那棵大柳树旁边，同样为两位战死在这里的英国将军各立着一块小小的碑石。从北桥打响第一枪，到这里时整个战局就发生了一个根本性转折，这里的战斗是一场扭转战局的决定性胜利。在华盛顿的塑像周围，摆着三门缴获的英军的火炮。 这里用白色结的栅栏围护着一株大柳树，华盛顿在指挥这场决定性的战斗胜利之后，就在这棵柳树下成为三军统帅，也接受了三军战士排山倒海的欢呼和膜拜。 北桥的初次交战华盛顿没有参与，稍后便从他的农庄赶来投入了，再后就走到了这棵柳树下，再后就把英国殖民者赶走了。 处于绝对的领袖地位的华盛顿，在筹建美利坚合众国和大选的时刻，脱下戎装回到了他的农庄，继续当他的农夫去了。 据说华盛顿出于这样的理由，即不以军人的身份参加选举，要以一个农民或者说普通公民的身份进行参选，为此他老老实实当了一年农夫。 尽管这行为里不无虚伪，即无论他一年后以农夫的身份堂而皇之参选总统，其实选民们投给他的一票主要还是投给独立战争的那位无可替代的总司令的；如果不是这样，比他更优秀一百倍的任何一位农民也不可能当选第一任美国总统。 即便如此，有一点虚伪也还是可爱的，不属于令人恶心倒胃的伪装；仅此一个农夫的姿态，对于他那样功勋卓著的总司令来说，已经是难能可贵的了。

  我还是对那几块为战败战死的敌方的将军和士兵所立的碑石的举动感兴趣。 今年9月，我在北京见了翻译过《白鹿原》章节为英文的汉学家苏珊女士，和她聊起4月访美的印象，就谈到了这几块为敌手所立的碑子和碑文。 和她一行到北京的一位美国男子却以不屑的口吻说，在越南他们可就没有这份情致了。 我不觉一震。 十年越战对美国普通公民来说至今还是一块化解不开的积食。 许多美国母亲至今仍如那碑文所说，正在梦里思念战死在越南的儿子哩。 那块为英国死亡士兵栽下的碑子，现在确实栽到了数以万计的战死在越南的美国士兵的母亲的心上；那种出于人性和人道的宽容胸襟的碑文，深刻而又深沉地谴责着当年决定发兵越南的那位总统，他即使卸任多年，依然不能逃避灵魂的谴责。在越战结束近 20 年后，约翰逊政府时期的国防部长麦克纳马拉，写了一本书，对越战作了反思和忏悔，感动了一些人。看来，对于被殖民而又争得了胜利的一方来说，对殖民者又是失败者以怎样的方式表示谴责，都是比较轻松比较容易做到的，可以是义正词严的也可以是机智幽默的，可以是这样又可以做到那样一种谴责的方式。然而一旦角色转换，美国人自己自觉不自觉地扮演了当年英国入侵者的角色，到越南，还有朝鲜，他们也就像 220 年前被驱逐被打败被消灭的英国人一样，先被朝鲜继之又被越南人所仇恨所驱逐所战胜。无论如何都不可能产生给北桥牺牲的英军士兵立碑那种心怀和情致了，倒是朝鲜和越南人把这种碑文的碑石栽到了美国总统和美国母亲的心头，真是得其所哉！罪恶的心理阴影比战争的硝烟要难于消弭得多，甚至要遮蔽折磨几代人。

然而我还是难忘北桥，不单是那里保存完美的原始风景。我是 4 月初到北桥参观的，与美国友人约定 4 月 19 日再来，据说每年的这一天都要举行别开生面的庆祝活动，人们穿起当年农民的服装，装扮成自卫武装的民兵，重新表演当年发生在北桥的故事。今年正好是北桥打响"独立战争"第一枪的 220 周年，纪念活动更加隆重更加丰富多彩。然而因为活动安排的冲突终于丢失了良机，留下了遗憾。

1995.12.25 雍村

汤因比的选择

余秋雨

一

一个中国古代文人不管漂泊何处,晚年最大的向往就是回归故乡。这事到了近代那些具有世界历史视野的学者那里就不一样了,他们会以一生的学养把时间和空间浓缩,然后拄着拐杖站在书房的窗口看着远方。他们在想:如果生命能够重来一次,我最希望投生何处?

我很想知道几位大学者对这个问题的答案,排在第一的是英国历史学家汤因比(Arnold Joseph Toynbee)。因为正是他洋洋洒洒的著作,最早让我了解了世界各地的不同历史形态。

但是，他已经去世多年，似乎并没有留下这方面的答案。我，只能在他的著作中猜测。猜测了几处，都没有把握。

终于，我突然知道，他曾经在一次对话中，留下了答案。

他说，如果生命能够重来一次，他希望生活在中国古代的西域。因为，那是一个文化汇聚的福地。

他所说的西域，是指中国新疆塔里木河、叶尔羌河一带。

二

我每次去新疆，总会想起汤因比的选择。

西域，这是一个伟大的地名。汉武帝派张骞"通西域"，是这位帝王，也是整个汉代对世界历史的杰出贡献。从此，人类各大文明在那里发生了最大规模的汇集、交流和融合。

本来，无论是印度文明、波斯文明、古巴比伦文明、阿拉伯文明，还是再远一点的埃及文明、希腊文明、罗马文明等，都自成规模、自享尊荣，很难放得下架子来与其他文明主动融合，除非用战争的方式来收纳别人。因此，各大文明都在万分警惕地防范着来自别处的铁骑战火。但是，商品流通的诱惑太大了，旅行者口中的描述太吸引人了，因此，彼此都悄悄地产生了一种不约而同的渴望：要找一个地方，展开各大文明之间的非战争交往。

这个地方需要具备两个条件：一、必须是一个地广人稀的所在，离各大文明的首府都比较遥远，使谁也感受不到威胁；二、所有的旅行团队最想靠近的那个文明，有一种让大家放心的文化宽容精神。

能够满足这两个条件的地方，在古代世界的地面上只有一个，那就是西域。于是，在天山、昆仑山和塔里木盆地之间的茫茫大漠，终于成了各大文明沟通的巨大平台。看似最缺少文化的地方，变成了最热闹的文化集市。旷野大风、霜雪千里，消除了每种文明身上原有的杀伐气、暴戾气；驼铃沙海、枯枝夕阳，增添了每个旅行者对人性、友情的饥渴。因此，一场场古代的世博会、交易会、嘉年华，不断地在西域开幕又闭幕，闭幕又开幕。

这么一想，觉得汤因比对那里的选择，实在很有道理。

我为了考察中华文明和其他文明的早期交往史，曾经历险走遍了西域以西的很大地域。张骞、甘英、法显、玄奘、马可·波罗和丝绸之路上的商人们走向西域或走出西域的漫漫长路，我几乎都走到了。汤因比只能把西域之行寄之于来生，我却在此生一次次抵达，一次次流连，想起来真有点奢侈。这些年来，国境之外的南亚、中亚之路越来越不平静，我没有找到再度历险的机会，因此只能一再重访新疆。每次去，都会领受汉代的风雪、唐代的脚印，不由得心胸疏朗、步履庄重。

古代由西域通向整个亚洲腹地，有北疆的草原之路和南疆的丝绸之路。丝绸之路又分南、北两路，然后在一个地方汇合，翻越帕米尔高原而去。两条丝绸之路的汇合处，是西域开发最早的城郭叫"疏勒"，也就是现在中国最西的城市喀什，又叫喀什噶尔。

这是历来所有的旅行家、探险家、行脚僧、商贸者都必须停步的地方。不管是出去还是进来，都已经承受过严酷的生死考验，而前面，可能是帕米尔，也可能是塔克拉玛干，考验更大。因此，要在这里收拾一下好不容易捡回来的一条命，然后重新豁命前行。

对很多人来说，这里是生命的最后一站；对另一些人来说，这又是豪迈壮行的新起点。不管是终点还是起点，都是英雄们泼酒祭奠之处。喀什的每一寸空气，都熔铸过男子汉低哑的喉音。

世界在这里渴望着被一次次走通，而高原在这里却显得寸步难行。一位高大的当地汉子在昆仑山脚下对我说："在这里，地远路险，从有些村子到乡里去，骑毛驴也要走七天。一个妻子最大的愿望是去一趟县城，丈夫不让，说这么漂亮的女人走那么久，怎么还回得来？几十年后丈夫去世，妻子也走不动了。"

但是，这些妻子和丈夫都看到了，总有一些人从他们村边走过。是去乡里吗？是去县城吗？难道，还有更远的地方？

最近，我和妻子应上海援疆团队领队陈靖先生之邀，又一次去了喀什。一路上饱满的感觉无与伦比，我只想重复多年前说过的一句话：如果你想研究的历史不是一般的历史而是"大历史"，如果你想从事的文学不是一般的文学而是"大文学"，那么，请务必多去西域，多去新疆，多去喀什。

三

两千多年前张骞通西域的时候，已经发现喀什有非常像样的商贸市场。后来，出任汉朝"西域都护"的班超，又曾把这里当作安定西域的大本营，他自己一住就是十几年。

班超在这里的时候，当地民众在精神文化上还停留于萨满巫术的原始自然宗教。但是，就在班超走后不久，一件重大的文化事件把这里裹卷进去了：印度的佛教开始向中国大规模传播，这里成了一条最主要的走廊。

对于佛教东传这件事，我一直认为是人类文化史上的一个特大事件。 原因是，作为被传入一方的中国大地，自从诸子百家之后已经实现了超浓度的精神自足，似乎一切思维缝隙都已填满，怎么可能如此虔诚地接受万里关山之外一种全然陌生的文明呢？ 但是，由于印度文明和中华文明的双向高贵，又痛又痒的防范心理居然被一步步克服。 首感痛痒的地方，应该就在喀什。 首度克服的地方，应该也在喀什。

磨合了两百年，到了公元四世纪，这儿已经成了一个佛教繁盛之地，留下的古迹和事迹都很多。 例如，那位在中国佛教史上贡献堪比玄奘的鸠摩罗什，就曾在十二岁时到这里学习小乘佛教长达两年，后来也在这里，遇到了精通大乘佛教的来自莎车的王子参军兄弟二人，开始转向大乘佛教，并终生传习。 而莎车，现在也属喀什地区。 尽管喀什的佛教主流一直是小乘，鸠摩罗什不得不离开，但这儿是他的精神转型地。

在鸠摩罗什之后不久，法显西行取经也经过这里，惊叹这里的法会隆重。 后来玄奘取经回来时经卷落水破损，也曾在这里停留一段时间补抄。

在公元九世纪至十三世纪的喀喇汗王朝时期，喀什表现了很高的文化创造能力，向世界贡献了第一部用纯粹回鹘文写成的长篇叙事诗《福乐智慧》和精心巨著《突厥语大词典》。 这是两部极重要的维吾尔文化经典，跟着它们，还有不少优秀的著作产生。 喀什，因创建经典而闪现出神圣的光彩。

其实，伊斯兰教在公元十世纪传入中国时，也以喀什为前沿。 在这里落地生根几百年后，才向北疆传播。喀什地区的伊斯兰教文物不胜枚举，因为直到今天这儿的主要信仰还是这个宗教。千余年来天天被虔诚的仪式滋润着，即便是遗迹也成了生活，因此看上去都神采奕奕。

据到过这里的欧洲旅行家马可·波罗记述，基督教的一个教派聂斯托利派即中国所称"景教"，在这里也不乏信奉者，而且礼拜完满，尽管这个教派早在公元五世纪已在罗马被取缔。对此，作为意大利人的马可·波罗就很敏感。同样，在古代波斯早被取缔的祆教（即拜火教），在这一带的民间也曾风行，致使《南唐书》说疏勒地区"俗奉祆神"。

总之，几千年来，喀什不仅是商品贸易的集散地，而且也是精神文化的集散地。集散范围很大，近至中亚、南亚，远至西亚、欧洲。如果说，西域是几大文明的交会中心，那么，喀什则是中心的中心。

这个地位，自古以来一直具有，却只是默默地存在于各国商人心中。到了十九世纪，世界在空间和时间上获得新的自觉，喀什的重要性再一次被广泛瞩目。当时很多全球顶级的学者都坚信，这一带必定留下了诸多文明的重大脚印，因此都不远千里纷纷赶来。正如日本探险家橘瑞超所说的那样："这是中亚地区政治、商业的中心，自古以来就为世人所知，至今到中亚旅行的人，没有不介绍喀什的。"

翻阅那时的世界考古学著作就可以发现，喀什，在东方史研究中，已经成了一个怎么也避不开的常用名词。

到十九世纪末二十世纪初，中国内忧外患，水深火热，差一点被列强彻底瓜分了。但是，即使到了这个时候，一个以亚洲腹地为目标的考古学家如果没有来过喀什，还是会像一个毕业生的文凭上没有盖过校长的签名印章。

历史，很容易被遗忘却又很难被彻底遗忘。在那些迷乱的夜晚，正当一批批外来的酒徒在沙丘上狂欢喧嚣的时候，他们脚下，沙丘寂寞一叹，冷然露出某个历史大器的残角，似乎在提醒他们，这是什么地方。

四

1881年4月，俄国驻喀什领事馆开张，本来这很正常，但奇怪的是，领事馆里有六十名哥萨克骑兵。这些骑兵每天早晚两次列队穿越市区的大广场到城东河边操练，还向围观的人群表演刀术、马术、射击术。俄国驻喀什的领事很有学问，名叫彼得罗夫斯基，一个英国学者曾这样描述他：

> 彼得罗夫斯基是个能干、傲慢、狡猾而精于诱惑的家伙，任职的二十一年间对中国官员使尽了阴谋恐吓、威胁、利诱、收买、强迫之伎俩。他的目的便是将新疆最西部的绿洲从中国瓜分出去，使俄国得以控制通往印度后门的战略性山口。（珍妮特·米斯基：《斯坦因：考古与探险》）

俄国要控制通往印度的后门，显然是在挑衅英国。当时，英国不仅在印度实行殖民统治，而且已经控制了昆仑山、兴都库什山、阿姆河以南的多数地区，怎么允许俄国来插手？因此，后起的英国驻喀什总

领事占地面积,是俄国领事馆的整整两倍,而且也比英国自己在乌鲁木齐的领事馆豪华很多。 一位英国记者写道:

  在大英帝国与沙皇俄国争夺中亚的五十多年大角逐中,喀什一直是大英帝国最前沿的一个阵地。在那场大角逐中,大英帝国为了在亚洲取得政治和经济的主导权,与沙皇俄国进行过漫长而又扑朔迷离的争斗。在大英帝国驻喀什领事馆上飘扬的那面英国国旗,是印度到北极之间唯一的一面。(彼得·霍布科克:《一个外交官夫人对喀什的回忆》)

就在那队哥萨克骑兵和那面英国国旗天天都在喀什对峙的时候,一些心在千年之前的学者也来到了这座城市。 斯文·赫定来了,并从这里出发,发现了千年前的古城丹丹乌里克,又考察了塔里木河和罗布泊的迁徙遗址。 斯坦因也来了,顺着斯文·赫定的成果进一步发现了"希腊化的佛教艺术"犍陀罗的遗存,又发现了楼兰遗址……这一系列文物,从不同方向展示了这片土地在古代无与伦比的重要性。

"在古代无与伦比的重要性",可分为两类。 第一类是随着古代的结束而结束;第二类却可以延伸到现代。 西域发现的文物,大多属于第二类。 它们像古代智者留下的一排排巨大的数学公式,证明着几个大空间之间的必然联系以及把这种必然联系打通的实际可能。 因此,就在这些西域考古大发现之后,历史学家威尔斯作出判断:"直到今天我才开始明白,塔里木河流域比约旦河流域和莱茵河流域更为重要。"

正是这种判断,使得喀什城里那队哥萨克骑兵和那面英国国旗更加抖擞起来。 两国的领事，都会殷勤地接待那些考古学家，希望他们为帝国的现代野心提供更多的古代理由。 但是，从种种记录来看，那些考古学家对于两位领事除了感谢之外并不抱有太多的尊敬。 他们毕竟深谙历史，比眼前披着外交套装的情报政客更知道轻重。 第二天他们又来到了沙漠深处，只要见到一点点古代的痕迹就会急速地跪下双腿，用双手轻轻地扒挖，细细地拂拭。 很久很久，还跪在那里。

如果仅仅从动作上看，考古学家，是在代表现代人跪身谢恩。

无言的大地，有多少地方值得我们跪身，又有多少地方需要我们谢恩。

想到这里，我决定给上海援疆团队作一次演讲。 我在演讲中叙述了喀什在中华历史和中亚历史中的独特地位，然后说："即便从学术的立场，我也要深深感谢大家为新疆所做的一切。 但是，在整个过程中，我们不能老是想着上海在支援新疆。 请记住，当西域和喀什让世界文明血脉畅通的年代，上海还是海边荒滩。 也就是说，没有西域和喀什，就没有今天的中国，今天的亚洲，今天的世界。 当然，更不会有今天的上海。"

由此联想到，"5·12"汶川大地震后我到重灾区都江堰捐建三个学生图书馆，去的次数很多，有一次被上海援川领队薛潮先生发现了，邀请我给上千名上海志愿者作报告，我也说了类似的话。 在那个挥汗如雨的大工棚里我说："都江堰两千多年来灌溉的，远不止是川西平原。 我曾写文章证明，我们每个人的生命都受到过它的滋养。 现在，滋养百代的老祖宗突然受惊，我们赶过来侍奉梳洗，哪里说得上援助？"

中华文明有一个好处，就是永远保持着生生不息的循环记忆。 在中国人的心中，哪一条古代的大路都不会成为彻底的荒路，哪一种古代的灿烂都不会熄灭得无影无踪。 正是时间和空间的大幅度回馈、反刍和互济，使这个文明成为人类所有古文明中未曾中断和湮灭的唯一者。更何况，我们前面说了，西域和喀什的大地上留下的一排排巨大的数学公式，永恒地证明着通向不同空间的必然性和可能性。 因此，今天在那里的种种努力，不完全是为了古代，更是为了未来。

时代已经开始证明，亚洲不会像前两个世纪那么黯哑。 亚洲腹地的风景，也将重新向世人展开。

五

在中华文明的诸多"老祖宗"中，在形态和气度上最让人震撼的，是西域，包括喀什。

这个说法也许会使别的"老祖宗"侧目，那实在对不起了，但我实在不是随口赞誉。 请想一想，天山、昆仑山和塔克拉玛干大沙漠，这几宗真正的天下巨构，只需窥得其中任何一角，就足以让世人凝神屏息。 但在这里，却齐齐地排列在一起、交接在一起、呼应在一起，这会是什么景象？

一连串无可超越的绝境，一重重无与伦比的壮美，一系列无以复制的伟大，包围着你，征服着你，粉碎着你，又收纳着你。 你失去了，好不容易重新找回，却是另一个你。

在天山、昆仑山面前，其他"老祖宗"所背靠的三山五岳，就有点像盆景了。 在塔克拉玛干大沙漠面前，其他"老祖宗"所吟咏的大漠孤烟、长河落日，也有点太孩子气了。

到喀什，不能按照内地休闲的习惯，选择那些人群密集的旅游景点。应该选择的，是乔戈里峰，慕士塔格冰川和奥依塔克冰川，红其拉甫口岸，亚克艾日克烽火台以及散布处处的千年胡杨林和夕阳下的沙漠。我和妻子则非常着迷莎车的《十二木卡姆》，每次都听得情醉神驰。难怪躲在那么僻远的它，早已被堂皇地列入世界非物质遗产名录。它让我联想到，在隋唐年间轰动长安的疏勒乐和龟兹乐。不错，在中国古代最伟大王朝的雄伟和声中，占据极高引领地位的，大多是西域乐舞。

由此想到，在喀什之外，新疆还有不少西域名胜值得一再拜访，例如龟兹（现在的库车）、于阗（现在的和田）、高昌、交河等地。有足够体力的，还可以狠狠心去一下楼兰、米兰、尼雅遗址。

在叶尔羌河畔，一位本地官员已经摆好了毛笔和宣纸，要我题写几个字，准备刻在山壁上。我问他写哪几个字，他说——

天路零公里，
昆仑第一城。

我说："你们这儿，随口一说就气势非凡。"

写完，我的目光越过灿如火阵的胡杨林，再越过层层叠叠的绕山云，远眺昆仑山上的天路。那条天路，通向西藏阿里地区。突然发现，在连绵的雪峰之上，竟然冒出缕缕白烟，飘向蓝天。难道，那里还有人间的生活？

"那么高的云层之上，怎么会有白烟？"我问。

主人说，那不是白烟，而是高天风流吹起了山顶积雪。

原来如此。但转念一想，我刚刚的疑惑，历代旅行者也一定产生过。他们猜测着，判断着，时不时低头看路，又时不时抬起头来。没有人烟的地方何来人烟？他们多半找不到人询问，带着疑惑离开，然后又回头，看了又看。

那么，这神奇的"白烟"，也就成了一面面逗引远方客人的白色旗幡。他们这些大勇者的千古之魂，一定搁置不下这稀世雪峰，一直在周围飘游，因而也会找到答案。

想到这里我笑了，心想汤因比先生向往西域的来世之魂，现在一定已经顺着这白色旗幡找到归宿，乐滋滋地安顿了下来。

悲壮的超越

卞毓方

　　凡人不幸陷于末世，注定了要上演悲剧；一个大有作为的人不幸陷于末世，同时也是他那个时代的悲剧。 郑成功，无疑是晚明的一位军事天才兼政治天才：取名"成功"，就径直道出了他经邦济国、扶助乾坤的赫赫大志，又字"大木"，寄寓的同样是独木拄长天的煌煌抱负。倘若他与刘邦并世，当不失为登台拜将的韩信；倘若他替李唐定鼎，将不亚于凌烟阁上的秦琼；且看他的云水角襟："只有天在上，而无山占齐；举头红日近，回首白云低"。 但他不幸生活在朱明王朝的薄暮，自打踏上政治舞台，浓重的悲剧雾霭就已把他重重包裹。

　　公元 1661 年(清顺治十八年)正月某日，厦门岛，全副戎装的郑成功在一队亲兵的簇拥下，登上岛西侧的一处炮台——这是一幅陈子昂《登幽州台歌》式的立轴，挂在我心头已有十多年，之所以刻骨铭心，是因为那一年报考研究生，在一道必须用日文回答的有关"国姓爷"（郑成功）的历史试题前，栽了个大跟头，险险乎断送前程；从那以后我对郑成功的生命信号就特别凝眸；不久前造访他的故乡泉州，还特地瞻仰了设在南安的郑成功纪念馆，闲话打住——让我们借郑成功的虎目来看一看吧。时值傍晚，遥望一水之隔的对岸，但见天低八闽，残阳如血，荒村漠漠，寒山隐隐；俄而事色侵空，悄然四合，天和地仿佛一艘被炮火击毁的战舰，在灰蒙蒙的海平面上节节下沉，下沉；这时，一阵海风袭来，他冷不丁想起前次北伐征讨满夷，自瓜州至金陵渡中兴起的感慨："闻道吾皇赋式微，哀哀二子首阳薇。频年海岛无消息，四顾苍茫泪自挥。"

郑成功真是生不逢时。早在十七年前，在他还只有二十岁的时候，朱明王朝就在李自成农民大军的炮火中降下了帷幕；随吴三桂投降爱新觉罗氏，满人进关，入主中原，仓促的南明弘光政权，以及随后并起的鲁王、唐王政权，也都旋起旋灭；如今，抗守西南一隅的桂王朝廷亦是幕燕鼎鱼，倾覆在即。而他，既然生为大明遗民，有幸为唐王朱聿键亲赐国姓，自是矢志廓清山河，不惜和清军血战到底的了。这是一段艰辛曲折、可歌可泣的历程。想当初，他焚去儒服，披上战袍，高擎反清复明大旗，统率有志之士，连袂云，挥汗雨，专楫闽、粤之陬，雄视江东，是何等壮怀激烈！比方说最近四年多来，他就以厦门、金门两岛为根据地，三次誓师北伐；其中，以第三次声势最为浩大，大兵一路进入长江，连克瓜州、镇江，直捣金陵。"缟素临江誓灭胡，雄师十万气吞吴。试教天堑投鞭渡，不信中原不信朱"；至今想起，犹令人仰天长啸，血沸神飞。可惜呀，可惜！由于他被空前的大捷冲昏了头脑，误中了金陵城守军的缓兵计，末了，反落得损军折将，惨败而归。

大明的江山，眼看着已如西坠的红日，落入满人的乾坤袋中去了。他恨，恨大敌当前，南明的几届小朝廷犹自荒淫昏聩，不是纵情声色，醉生梦死，就是窝里斗，自相残杀。时局竟和南宋惊人相似："南渡君臣轻社稷，中原父老望旌旗"。他恨，恨由于自己麻痹轻敌，一意孤行，导致甘辉、张英、潘庚钟等一大批骁将屈死沙场；还带累势头正盛的盟友张煌言孤掌难鸣，落入清军重围，乃至全军覆没。他叹，叹前月派往东瀛借兵的张光启回来报告，对方只答应提供少量武器，决意不肯出兵；连与他有血缘之亲的日本也不肯鼎力相助，还能指望谁呢？他叹，叹这几天又有噩耗传来，说拥戴桂王、坚守西南的李定国不幸战败，桂王本人正四处逃匿；残局竟如此，夫复何所言？唉唉，天亡我大明，是何其速也，是何其迫也！

嗟叹间，海风愈来愈劲，愈来愈烈，吹得港湾里的水面腾波涌雪，吹得炮楼上的旌旗伴着将士的铠甲发出金属的铮鸣。猛低头，他看到骚动波涛间幻化出吴三桂、洪承畴等一批无耻奸细的身影。郑成功嚓地从腰间掣出长剑，恨不得把他们一个个都碎尸万段。皇天啊皇天，为什么偏生这等逆子？！后土啊后土，为什么竟容此辈奸尤？！残酷的是，在巨大的政治利益的诱惑下，无耻之徒的队伍在节节扩大。这真是要为赤县神州扼腕长叹的了！你看，叠印着吴三桂、洪承畴，波涛间又推出他老师钱谦益北向长跪、俯首称臣的优雅儒姿；尤其令他撕肝裂肺的，是在老师的形影之上，又有一副向着清朝政权胁肩谄笑的熟悉面孔破浪而出，此公不是别人，正是他的老父郑芝龙！啊啊，伤心自古惟一哭，此刻的他，却是欲哭无相，切齿有声。

波涛在聚聚收散，幻影在明明灭灭。这回，长波间闪烁的却是他生母田川氏大义凛然的身影。郑成功禁不住为之一报。啊，他敬爱的、永生的母亲，原本生长在日本的平户，从小没有受过先儒的教育，长大也不曾得到明王朝的恩泽，只因她嫁了一个中国丈夫，就心心念念以男方的朝廷为重。她是在和儿子、丈夫分手了十几、二十年，才渡海来到泉州的。然而，来华生活还不过几年，这位善良温婉的异国女子，在民族存亡面前，却表现得比许多汉族须眉更有骨气。她不忍看汉家山河破碎，更痛恨丈夫的卖国求荣，在清兵占领她的居地安平镇之时，不惜以死抗争，自杀殉国。母亲，母亲，郑成功在心底轻声呼唤，儿子一定誓报国仇，以慰您老在天之灵。

然而，天未厌乱，国步多艰，方今之时，山河纷纷沦于敌手，形势对义军极为不利。如何才能扭转时局呢？谈判——在这之前不是没尝试过，说到底，那只是敌人诱降的翻版，他又岂甘自毁节操；开仗，这是早晚免不了的，不过，将不再是他们主动北伐，而是清军大兵压境，四面围剿。以区区两岛目前的实力，要和胡运当空的清军抗衡，显然凶多吉少，只怕扬州、江阴的惨烈局面又要在眼前重演。史可法公的《复多尔衮书》固然写得辞采飞扬，"城存我存，城亡我亡"的誓语也不失昂愤激烈，结果，不过是使淋漓的鲜血更加淋漓，至多是增加几缕悲壮的尾音而已；恨血千年土中碧。老天啊，老天！以四海之广，八荒之大，难道就没有我义军更好的出路了吗？

突然——这里用得上突然,海上狂风大作,洪波如山涌起,俄而,就像神话中仙人骑避水兽从龙宫跃出,远近的海水唰地分开一条大路——该是冥冥中有神的力量启示,郑成功在刹那间完成了生命的突围:他决计战略转移,先行跨海东征,收复眼下为荷兰人强占的海湾……

三百多年后,当我偕中州才子唐兴顺,漫步在太行山麓的红旗渠畔,遥望千山万壑尽头的大寨,思绪忽然就飞到了厦门,定格在那一个值得大书特书的傍晚。 思绪的飞越是从山与水的联想引起的。 从我当时置身的地方望出去,山,皆磊磊万状,争气负高,水,皆夭矫曲折,喷珠溅玉,这是自然的属性,也是造化。 因想,大寨当年的辉煌,在于她气薄云天、一呼百诺式的垒石造田,在于她是一项磅礴的造山运动,吃亏呢,再明白不过的,在于缺了水的泗润、渲染;而红旗渠当初几乎与大寨齐肩并行的荣耀,则得力于她穿山越岭的奔腾,源源不绝的喧闹,既占有山的庞伟,又兼有水的激越,因此长流到今日,依然英名不减,或许……从红旗渠感慨大寨,这时我猛一激灵,不由就想起了半月前的泉州之行,想起了绝处逢神助的郑成功。

以后的故事,就是大家熟知的了。 郑成功力排众议,包括昔日盟友张煌言的讽劝——"中原方逐鹿,何暇问虹梁!"——坚决东征台湾。 现在看来,虽然他当日的决策,着眼点偏于创建根据地,休养生聚,待机恢复明朝;虽然他尔后血战九个月,赶走盘踞在台湾达 38 年之久的荷兰殖民者(这一时间跨度正好与他的年龄相等),仅仅被时人看作一种局部性的战功;且看他在《复台》诗中流露出的欣慰:"开辟荆榛逐荷夷,十年始克复先基。 田横尚有三千客,茹苦间关不忍离。"

但是，他本人没有来得及吟唱的，山河已经替他镌刻了；时人没有来得及升华的，历史已经替他弘扬了。山不转水转，他以悲壮的战略转移超越了悲壮。这是大义之上的大义，战场之外的战场。它超越了单一民族的狭隘视野，是个体生命的错综复杂的国家、民族矛盾面前所能爆发出的最强度的璀璨。伟业不一定在顺境。伟业不一定在全过程。尽管，郑成功在收复台湾后的第二年，便不幸日落中天，遽然病逝。但他奇迹般地从绝境中把握住了未来。他是以大智大勇、大忠大义去撞击时代，从而在华夏民族大一统的版图上，留下了倚天仗剑的永久性造型。

静看鱼忙

李敬泽

那是 16 世纪 50 年代的漓江,依旧是青绿山水,如碧玉簪、青罗带。在江边,有人日日徘徊,却不是看水、看山,他在看鱼鹰:

当捕鱼时间到时……在鱼鹰的喉囊处已经系上了一个颈套,从翅膀下面系上。

鱼鹰都跳起潜入水中,有些在上面,有些在下面,我从来没有看得这么眼花缭乱。当囊内装满鱼时,每只鱼鹰各回自己的船把鱼吐出来,紧接着又去捕鱼,直到不愿再捕为止。有时候鱼很大,鱼鹰就把鱼衔在嘴里送回来。就这样捕了无数的鱼。等它们捕够了后,就把套子拿下来,让它们捕一些鱼自己吃。我们所在的这个地方有20来条鱼鹰船,大部分日子里我都去看捕鱼,怎么也看不厌,因为这个方法如此神奇,堪称捕鱼的一个新发明。

——几年后,此人将他的所见写了下来,于是很多人都知道,在遥远的中国有一座城市,江面上,有无数鱼鹰疯狂地跳进去跳出来……

当然,那座城市名为桂林,但看鱼鹰的人不知道,他以为那是"广西城"。 实际上当时桂林乃两广总督驻节之地,叫"广西城"倒也不很离谱,不过这位老兄因此就肯定没听过"桂林山水甲天下"这句老话,所以身在桂林只顾了看鱼鹰,空对着"笋林次第添斑竹,雏鸟参差护锦囊"的奇景,竟无一字道及。

上引一联诗出自唐人曹松的《桂江》,"笋林"指江边的石林,"锦囊"则是溶洞,如此一解,就看出这诗实在不好,又是"次第"又是"参差",倒好像山啊鸟啊都在站队,活活把山水写死。 一部《全唐诗》,好诗其实不多,这不是狂言是常识,能写好诗的人总不会像聚义厅上的好汉那么多,唐代不会,现在就更不会。 唐人写桂林,最应景的便是韩愈那句"水作青罗带,山作碧玉簪",深入人心,随手便可借用,刚才我也用,但此句如与李商隐的"城窄山将压,水宽地共浮"(《桂林》)相比,高下立判。 所以李商隐当年官场失意,外放桂林是件好事,否则他将写不出《晚晴》:

深居俯夹城,春去夏犹清。
天意怜幽草,人间重晚晴。

并添高阁迥,微注小窗明。

越鸟巢干后,归飞体更轻。

读罢《晚晴》,我觉得一个人看到什么、看不到什么,与眼无关,而关乎心。就比如那位看鱼鹰的老兄,虽说也算个贵族,但20多岁就浪迹天涯,既当兵又经商,其实是个亡命徒,那颗心是粗硬的,那双眼于山水间就只看得见鱼鹰——这"堪称捕鱼的一个新发明",我猜他闲着没事一定在心里计算过这项"发明"的成本效益。

当然,这么说不太公平,盖略特·伯来拉是一个外国人,在遥远的16世纪成为大明王朝的囚犯,从福建经过江西、广东,一直被流放到桂林,他用好奇的、慌乱的眼睛注视着这个陌生的世界,他的视线常常会被那些与自身经验有强烈差异的事物所吸引,比如鱼鹰,作为一个葡萄牙人,他确实从未见过。

这件事说来话长。盖略特·伯来拉横贯南中国的旅行始于1549年,明嘉靖二十八年。是年四月,提督浙、闽海防军务的浙江巡抚朱纨在浙闽籍官员交章弹劾下罢职听勘。满怀孤愤的朱纨于次年七月自杀,遗言曰:"上不杀我,闽浙之人皆欲杀我。"

此言道尽这场政争的症结,也是嘉靖、万历年间倭寇为乱,东南糜烂,几十年迁延不治的根本原因所在。如果只看历史教科书,你就会觉得非常奇怪,似乎大明帝国以雄狮搏兔之势竟然奈何不得一帮东洋盲流;其实,冲垮帝国海防的力量不仅来自外部,更来自内部,来自在大规模走私贸易中急剧膨胀的民间利益;所以,厉行海禁的朱纨势必成为国家意志与民间利益角力的焦点,那一年的三月,两艘葡萄牙走私商船在福建诏安被查获，朱纨未经奏报便斩杀部分船员，于是，对他久已切齿的浙闽势家如狼群般围了上来，他面临着专擅嗜杀之类义正词严的指控。

在被俘的船员中，有一个人就是盖略特·伯来拉，他从不知道他们曾在这个帝国的历史中扮演某种角色，但即使这样一个迟钝的观察者也感觉到了当时民间对朱纨等人的敌意："这些人被抓了起来，被撤职，名誉扫地，因为我们的缘故而坐牢。据老百姓传说，他们中的每一个都逃不了断头的命运。"——说得不错，朱纨最终自杀了，但就在他被停职之后三个月，浙江商人汪直就带领倭寇大掠沿海，癣疥之疾发为心腹之患。浩大的军事开支，加上嘉靖皇帝没完没了地起园子盖庙，使国库匮竭，百姓怨嗟，在这个 1549 年，大明帝国"已呈不安之象"。

但在盖略特·伯来拉眼里，明亮的阳光依然照耀着富庶安详的大地。朱纨死后，伯来拉等人被发配广西，在桂林羁留两年左右，终于通过中国商人与当时盘踞广东上川岛的葡萄牙人取得了联系，接下来的事情就毫不新鲜了：支付了大笔贿款之后，他们畅通无阻地于 1553 年初"逃"到了上川岛。此后八九年间，伯来拉在繁忙的军人、商人或海盗生涯之余，将在中国的见闻整理成文，即是著名的《盖略特·伯来拉的著作》。

400 多年后，在这份《著作》中，我们看到一个既陌生又熟悉的中国。这里有世界上最完善的基础设施：最好的路和最好的桥——"我们认为世界上没有比中国人更好的建设者了"；这里有最好的城市，建筑华美，"极其干净"；这里的商品极其丰富，以至于"物价不往上升，而且经常往下跌，跌后不再回升"；"还有一件事看来做得不错"——"在整整这段时间里,我们从来没有见过一个穷人在挨家挨户讨饭",因为每个城市都有社会福利设施,收容穷人、老人、残疾人。

更令人羡慕的是,这个国家"到处都秩序井然","是世界上可能有的统治最好的地方",这里法令严明,法庭实行公开审判,"这样就不会有假证人,可以避免使很多人的生命、财产和名誉置于某个没有良心的书记官手中"。"所以在主持司法方面,这些人是独一无二的,胜过罗马人以及其他任何一种人。"

——看来我们不得不承认,嘉靖年间的古代中国并不像我们一直以为的那么阴暗,恰恰相反,在当时的外国人眼里,它就相当于 20 世纪的现代美国或者西欧。我的一个朋友刚从巴黎回来,一唱三叹地述说巴黎的空气如何芬芳清新,说得我恨不得马上去购置防毒面具。但是当年的伯来拉如果去了巴黎肯定会有不同的感慨,因为在 16 世纪,据说世界上最臭的地方正是巴黎:

> 河水、广场和教堂臭气熏天,桥下和宫殿里臭不可闻。农民臭味像教士,手工作坊伙计的臭味像师傅的老婆,整个贵族阶级都臭,甚至国王也散发出臭气,他臭得像猛兽,而王后臭得像一只老山羊……

——这是聚斯金德在小说《香水》中的描写,小说家言,但距真相也不远。他写的还是 18 世纪的巴黎,16 世纪时肯定更臭。巴黎的香水后来是香遍了天下,但是据布罗代尔考证,这个民族之所以专精于香,是因为生活中曾有不可忍受之臭,连蛾眉善妒、掩袖工谗的国王情妇都能两三个月不洗澡,没有香水也真是不行。所以,中国对于 16 世纪的欧洲来说正是域外之奇香，在尖锐的对比中凸显出欧洲政治、经济、社会生活中的重大缺陷，欧洲通过注视遥远的中国看清了自己，或者说更准确地说，他们觉醒的自我意识在中国的形象中得到了参照和验证。

于是，盖略特·伯来拉成了先知，他平朴直白的回忆立即被果阿神学院的学生们抄写誊清，寄往欧洲，1563年在威尼斯以意大利文出版，随后收入各种文集，在很长的时间里是欧洲人对中国的想象和思索的一个源头和母本。

事情的吊诡之处在于，当盖略特·伯来拉在中国发现"现代"时，这本身就表明西方正在走向"现代"。这个海盗的心是粗硬的，但是隔着400多年的时间，一个中国读者却会感到与他心心相印。比如我吧，我觉得明朝的人与事多半不可理解，比如嘉靖皇帝他爸不是皇帝，现在儿子做了皇帝就要追认他爸为皇帝，但大臣们认为就算儿子做了皇帝他爸也不能算皇帝，于是便抛头颅洒热血拼死相争，直闹得地动山摇，这不是吃饱了撑的是什么呢？如果时光倒流，我回到嘉靖年间，我想我和那时的中国人肯定话不投机，和盖略特·伯来拉没准倒一见如故，我们有同样的观察和衡量事物的眼光，因为我的心其实也是盖略特·伯来拉的心。

——什么叫"数典忘祖"啊，这就是。生活在大明朝的人们可没想到他们会有如此的后裔。嘉靖皇帝批奏折时每逢写到"夷狄"，必定要施展微雕功夫，写成两个芝麻般的小字，大臣们在批下来的折子上看到两粒墨点就知道那是"夷狄"，16世纪的大明帝国对自己被"夷狄"所发现、所阐述的现代性特征毫不自知，中国的历史依然在一条西

方人无法接近的河道中流淌。直到20世纪末，当我阅读《盖略特·伯来拉的著作》时，那上面会有外国人以欣慰的语气告诉咱们，中国正在进步，正在现代化。

这部著作的葡萄牙文抄本题为：《在中国被囚的葡萄牙人所了解的关于中国的一些情况 一切都是事实 摘自盖略特·伯来拉所写的一部著作 这位贵族是位非常值得信赖的人 他曾在那里被囚禁了几年 确实看到了这一切》——如此夹缠絮叨的标题是当时欧洲人的著作惯例，比这还长的也有的是。显然，编者认为有义务对这份著作的可信性做出保证：作者是可信赖的，他"确实看到了这一切"，所以一切都是事实，是关于世界那部分的可靠知识。由此我们可以看出西方现代知识体系在建立之初的某些基本预设：一个可信的主体、被观察和认识的客体，以及在这之间被确定的"真实"。

但现在我们知道，"真实"取决于什么人看、什么人写。明朝人大概不会认为这部著作是"真实"的，他们会非常奇怪地发现，那位在漓江岸边形影相吊的洋鬼子竟是在注视水面上的鱼鹰。多年之后，当盖略特·伯来拉想起那遥远神秘的中国，奇异的鱼鹰就会在阳光和水花中跳跃，长喙之间还叼着一条甩动的鱼……尽管这首先是"捕鱼的一个新发明"，但在盖略特·伯来拉枯燥的叙述中，这也是仅有的湿润之处，他的心也许竟随着鱼鹰微微颤动？

于是，盖略特·伯来拉的中国图景结束于对鱼鹰的描述。而从此，在欧洲人的想象中，中国的水面上就到处都是鱼鹰了，这已不是加里奥特·佩雷拉的个人记忆，而是一种关于中国的"知识"：1585年于罗马出版的西班牙人门多萨的《中华大帝国史》中，庄重地介绍了这个国家一种"值得观赏"的捕鱼方法，基本上是抄自达·克路士的《中国情况介绍》一书，而达·克路士又是从盖略特·伯来拉那里抄来，如此抄来抄去的结果是，门多萨断言："如他们愿意，他们可以天天吃鲜鱼，哪怕离海老远。"

这种游弋于古代中国的鱼鹰我们现在可以在《辞海》中找到，《辞海》第1773页"鸬鹚"条下写道：

> 亦称"水老鸦""鱼鹰"。鸟纲，鸬鹚科。体长可达0.8米。体羽主要为黑色而带有紫色金属光泽。生殖季节，颈部生白丝状羽……栖息河川、湖泊和海滨，善潜水捕食鱼类。营巢于苇丛中或矮树、峭壁上。广布于我国各地。已驯化的可使捕鱼。

既然广布各地，按说古人对鸬鹚捕鱼应是见惯不怪，但在《隋书》中，鸬鹚却同样是一种富于异国风情的禽鸟：

> 倭国草木冬青，土地膏腴，水多陆少。以小环持鸬鹚项，令入水捕鱼，得百余头以充食。

——在遥远的日本，人们以鸬鹚捕鱼……《隋书》的作者是北方人，他或许真不知道，在他自己的国家，在南方的河湖上，鸬鹚捕鱼原是日常情景，就像北方的马，像阿拉伯的骆驼。

其实，我们的古人对鸬鹚这种鸟也曾"格物致知"，比如《异物志》中说：鸬鹚"水鸟而巢高树上，或在石窟之间"。又说："鸬鹚不生卵，而孕雏于池沼间，又吐生，多者八九，少者五六，相连而出，若系绪。"

——也就是说，这种奇异的鸟并非卵生，而是直接从它妈妈嘴里吐出来的，一吐就是活蹦乱跳的一串，八九只或五六只。

曾经有人质疑一部阿拉伯圣书中为何不曾提到骆驼？博尔赫斯回答：正因为举目可见，所以才不必提到。我认为他说得很对，但同样的道理质诸《异物志》的作者我们就会感到疑惑：鸬鹚并非罕见，不提也罢了，既然要提，那么这"不生卵"而"吐生"的论断却是从何而来？

看来事情是这样的，这位作者站在岸边注视着鸬鹚，但他并不曾撩起袍襟到"高树之上"或"石窟之间"看看鸬鹚是否下蛋，他甚至想不起来去问渔夫，在他诗人般的想象中，他直接获得知识，这是神奇的想象，也是神奇的知识，可惜不正确。

所以，对最熟悉的事物我们可能一无所知，就像我们对自己也常常所知不多一样。我们都有一颗诗心，在世界和我们之间横亘着美妙的、如云如雾的幻觉，或者胡说——据《太平御览》所载范汪《治咽方》，如果咽喉有病，那么捉只鸬鹚来，照脖子啄几下就好；如果被鱼刺卡了嗓子，只须拔两根鸬鹚毛，"水服半钱即下"。还有更便利的，就是让那倒霉的家伙张开嘴，你对着他大喊"鸬鹚鸬鹚"，鱼刺也可能应声而消。

——挺省钱的办法，只是现在没地方去抓鸬鹚。该种鸟被勒住了脖子，所以我们就认为它能疏通我们的脖子，你得是个专业诗评家才能分析清楚这其中转了好几个弯儿的转喻关系，但我可不想找一个诗人替我治病。

其实鸬鹚不是入诗的鸟，翻遍了几本唐诗宋词，也不曾找到一只鸬鹚。鸬鹚的羽毛黑得发紫，这先就不入诗人的眼，卡着脖子为人所役，也过于平庸日常。所以同样是吃鱼的水禽，一身白羽、仙风道骨的鹭鸶就占尽了风光：

> 玉立水云乡，尔我相忘。披离寒羽庇风霜。不趁白鸥游海上，静看鱼忙。（张炎《浪淘沙·题陈汝朝百鹭图卷》）

这样的词句就不能写鸬鹚，"静看鱼忙"，要你干什么呀。所以，鸬鹚被西方人反复端详其实并非偶然，它不仅是一种鸟，它还是一种工具，它作为合于理性的工具在几百年时间里持续游弋于中国和西方之间——

早在盖略特·伯来拉之前200多年，1350年，一位传教士鄂多立克·马修斯就曾回忆起他在中国福州所见的情景：

> 我寄居那家的主人，想让我看点游戏，对我说："先生，如果你想看捕鱼，跟我走。"接着他领着我到上述的桥，手臂中带着几只潜水鸟即水禽，系在一捆竿上，每只脖子上用一根绳拴住，以免他们捕到鱼时吞食下去；同时他带上三只大篮子，然后他把潜水鸟从竿上松开，它们马上入水，不到一个时辰就捕捉了很多鱼装满了三个篮子；装满后，我的主人放开它们脖子上的绳，它们再次入水吃鱼，吃饱后返回来如前一样给系在竿上，而当我吃那些鱼时，我觉得非常好。

这是鸬鹚第一次出现在欧洲人笔下，但这份《鄂多立克东游录》当时并未引起广泛的注意。

盖略特·伯来拉之后 200 多年，大英帝国派出马戛尔尼使团出访中国。在从北京返回广州的途中，使团成员巴罗终于亲眼看到了著名的鸬鹚，他写道：

> 这种鸟很像是另一种鹈鹕……或通常所说的鸬鹚……它们可以逮着并衔住和它们一样重的游得飞快的鱼……

那时是 1793 年，大清乾隆五十七年，距鸦片战争仅 47 年。

附记：

遇桂林来客，问鸬鹚消息，客答：鸬鹚捕鱼仍为江上一景。鸬鹚甚多，皆为公家所养，鱼甚多，亦为公家所放。

高贵的汗血马

庞天舒

每每来到荒漠,望着坦荡地向地平线伸展而去的大地,真想骑上一匹快马痛快淋漓地飞腾,踏进戈壁、草原、大漠这一类开阔的地貌里,似乎骑马才格外对劲儿,你站在这里,如果身边拥有一匹枣红色战马,便觉着迎面扑来的风亦是深沉浓郁的历史之风。 人类有汽车不过是二十世纪的事情,而马却在无数个世纪之前就已成为人类的乘骑。 马与人类的关系正是体现了地球生物互利共生、相依相存的链环。

当人类的先民从蒙昧中醒来时,身旁的这块遍布森林、水草地的良好生态环境同时也是可怕的凶险之地,剑齿虎在林叶间晃动它那硕大的头颅,腮边的两把锋利的剑齿指向猎物;庞大的猛犸迈动沉重的脚步,恶狠狠地逼近人类；猎豹和狮在草丛里布下埋伏……这时，人类的相貌已渐渐与现代相似，脑容量也接近现代人，他们已经当之无愧为地球最具智慧的生物，他们发现并会使用火，用火烤熟食物和取暖，学会利用兽骨和石头制造工具，还能研磨精细的骨针缝制兽皮衣物，遮羞御寒，女性已懂得把兽牙、骨管、贝壳、石珠穿孔做成美丽的颈饰，原始氏族已经产生，原始宗教形成。 然而，人类是孤独柔弱的，他们清楚自己永远不会进化出食肉兽的长牙利齿，永远不能梦想以自身的部位同猛兽较量，他们只可能变得更聪明，以智力成为地球的统治者。 他们走向丘陵草原上栖息的草食类群落，那些大角鹿、赤鹿、斑鹿、野马、野驴、野牛、犀牛，等等，它们一向是人类的食物，人类已会有组织地围捕它们。 有一天，人类忽然改变了想法，他们在这些善跑的动物中一一相看着，掠过面无表情的野驴、大角鹿和野牛，人类的眼睛停留在野马身上，而野马也在凝看着人类，双方在彼此的眼里看到了一种可以信赖的血亲一般的神色，人与马在刹那间相认了。 马儿的眼睛多情而美丽，最暴躁的公马双目也是脉脉含情，人类领着野马走出了荒原，走到人类的篝火旁，人与马成为伴侣，人保证了马的食物，使它在草原凋零的季节不会陷入饥荒的境地，人类替它修筑遮风挡雪的马厩，马儿载着人类去开拓遥远的疆域，去征服未知的世界。 人类因为有了马儿的好脚力，迅速占据了这个星球的所有大陆，人类的一支支铁骑像狂飙一样让世界发抖，亚历山大的铁骑、西班牙征服者的铁骑、成吉思汗的铁骑……人类的不同种族均是骑乘着马儿走过了自己的历史。 在人类的诸般情感中，唯有亲情和爱情最珍贵，其实都不如人类与马的情感，父子可以反目，兄弟可以背叛，情人可以离弃，马儿却不会，不论你高贵还是低贱，是贫穷还是富有，它都与你永生相伴，载着你去疆场冲杀，去天涯浪迹，马是人类可以真正托付命运的高尚朋友。

于是，马在人类的世界中便有了黄金一般的价值，人类随之有了相马的一整套体系。草原的马背民族将良马宝驹的特征作成形象生动的比喻：野牛的额头、青蛙的眼圈、花蛇的眼珠、白狮的鼻孔、红虎的嘴唇、大鹿的下颚、管鸟的羽毛。养马人相马一要先看脸面，凤凰面型为上等；二看腿型，黄牛腿型为上等；三看马齿，马齿渠深居为上等；四看毛色，鹿毛、虎毛为上等；五看马蹄，耸起、内缩为上等。世上的马有很多种类，仅中国就有五种：蒙古马、伊犁马、南番马、川马、野马。马有着漫长的进化历史，这种古老的奇蹄目哺乳动物可以追溯到5500万年的早始新世，始祖马最初生长在北美，短小的身材与狗差不多大，它没有多少气力，不善攀登和奔跑，但是在北美的山地之上，始祖马渐渐拔高长壮了自己，发展成中始新世强有力的山马，以后又有后马、中马、细马……马类走出了北美故乡，向其他大陆迁徙，在这些新大陆里，由于不同的气候、土壤、水草，马儿也开始了各自不同变化，蒙古马的身材变得短小，却是将士最优秀的战马，速度如同闪电一般；伊犁马高大而漂亮，是王侯将相们最尊贵的乘骑，王侯的马像它们的主人一样被精心披挂妆扮，一身的行头价值千金，一匹浑身披金挂银的马走来时，其富贵体面的模样简直如王侯本人。然而，当张骞来到大宛贰师城看到汗血马时，他这半生所见的马儿统统失了颜色，天下还有这般的牲畜吗？张骞觉着它们那天生高贵的外表中蕴含某种灵性和神性，仿佛是上苍之神降于人间的生物，拥有马的面貌体形，却远远高于马，若不，它出的汗怎可能是血一般的红色？当它尽情尽兴奔驰之后蓦然回首,当它愤怒地暴跳、咆哮或因伤心绝望面仰天长嘶,皮肤漫出血红色的液体,似乎它每次驰骋,每声吼,每阵鸣都倾其情感沥其心血。 汗血马的性格是孤独的,因孤独使它跟定了自己的主人,假如主人是忠勇的战士,那么人与马在沙场上便演绎出这个世界最动人的故事。 张骞也许会思忖:那马会不会是那些战死疆场的勇士托生? 这块大陆遍布人类浴血所杀的疆场,一代代战死者的灵魂挤满了空间,它们必定不安心做漂泊的孤魂,一准努力要回到世间来,于是它们将灵魂依附在这种体态矫健的马儿身上,终使之具有了别具一格的飘逸气质和与众不同的流血汗特征。

张骞结束了他长达十三年的漫游,回到长安向武帝复命,在他的西域见闻录中有长长的一段是关于汗血马的,汉武帝立即给此马以准确的命名:天马。

天马在汉武帝的心中印下了深刻的印记,在随后的丝绸之路上的商贸往来中,汉武帝派使臣车令等人携千金及一匹纯金打造的金马前往大宛换取。 大宛国位于帕米尔高原四麓,锡尔河中、上游,费尔干纳盆地一带,北接康居,南临大月氏,东北至乌孙。 与西域诸国相比,大宛算得上是大国,户六万,口三十万,胜兵六万人,大小属邑七十多个。 大宛盛产铺物酒,富人藏酒达万余石,还有久藏数十载的佳酿。 汉使经长途跋涉来到大宛国都贵山城,大宛虽与汉朝建立外交、商贸联系,但因距汉路途遥远,两国实际往来甚少,大宛真正与之修好的还是西域的强邦匈奴,大宛甚至提惧匈奴,国君心甘情愿地接受匈奴单于的控制。 匈奴使者持单于书信到来后,便以丰盛的宴席相待,而汉使却遭冷遇,"非出币物不得食,不市畜不得骑"。

面对大汉武帝的请求，国君与贵族们商议，汉土远在万里之外，北路有强大的匈奴阻挡，南路无城邑，为大片荒凉的沙漠戈壁，大军不能远征，即使得罪汉朝，也不用担心遭到报复。大宛国君傲慢地拒绝了汉武帝，说汗血马是大宛的国宝，岂肯换与人？大汉的使者愤怒了，出言怒骂，凿破金马，拂袖而去。阴险的大宛国君使人在半路劫杀了汉使，抢夺了全部财物。汉武帝的天颜被侵犯，怒不可遏，任命李广利为"贰师将军"，赵始成为军正，王恢为导军，李哆为校尉，征发骑兵六千，郡国恶少年数万人，浩浩荡荡奔赴大宛。

张骞期待的和平在丝路开通后，只持续了一段日子，为了各自的利益，为了求取某个珍宝，为了争夺丝路霸主之位，丝路上的杀伐征战愈演愈烈。

李广利率领庞大的远征军绕过罗布泊，沿途的所有小国均关闭城门，拒不提供粮草，汉军未得到给养，只得打一场残酷的攻城战，他们就这样走着打着，一路死伤无数。将要到达大宛时，汉军只剩将士数千，几乎是一支劳顿伤残之师，被大宛的东邻郁成国的军队轻易地击败。李广利只得率残兵败将退至敦煌，从出征到败退整整经过了两年。将军上书武帝，请求罢兵还朝，武帝大怒："有敢入玉门关者斩。"李广利和他的残部便在关外候命。

是时，将军赵破奴北伐匈奴招致惨败，两万将士全军覆没，朝中大臣们就建议武帝停止求取汗血马的战争，集中武力共讨匈奴。但是，对汗血马的渴慕深深地噬咬着武帝的心，这天马把他完全弄糊涂了，他可以轻易地得到天下的美女，怎么花费了那么多财力、人力，就弄不到一匹天马？他宁可放弃与匈奴的国仇，也要征大宛，他对朝臣们说，如果我大汉朝连这等小国都攻不下，西域诸国从此会轻视我们，乌孙、大夏、康居等小国甚至会骑到我们的头上，我大汉的威望将在西域彻底丧失。之后，他大赦天下囚徒，发给他们征衣刀剑，又征发了郡国六万兵丁，携带牛十万头，马三万匹，骆驼、驴、骡等畜数万，另有千车粮秣，命有罪的大批官吏为远征军运输给养，此番当为"天下骚动，转相奉伐宛"。

征讨大军再次由李广利率领，踏上西域的土地后，汉军不战而屈人之兵，诸小国打开城门，酒肉相款，顺利至大宛国贵山城下，大宛军战败，退守城门，汉军掐断了城市的水源，围攻四十日，城内大宛贵族们议定策略，杀其国君，携君王首级出城与汉军讲和，并许送汗血马。

此役汉朝大胜，大宛新君遣子人质于汉，每年向汉朝进献两匹汗血马。但是，此次西征的十万余将士回入玉门关者，只剩万余人，除一小部分在战斗中死亡，多为路途中病殁，而国内损耗的钱物则无法计算，西汉社会一时"黎人困苦，奸伪萌生，盗贼并起"，可汉武帝得到了梦寐以求的天马。当汉武帝看到运抵皇家马厩的汗血马，不禁惊异于它那天生的王者风度，高贵的眼中迸射出旭日东升的光芒，遍体如流泉般洁净光滑，刹那间，武帝与汗血马心灵相通了，高为帝王者自称是孤家寡人，接受万众的仰视臣服，他的天子威仪慑服一切人，包括他的王后嫔妃王子公主，他无法对他们倾吐心曲，长天之下，他从无亲密无间的朋友，尽管也许，他内心深处渴求一份亲情友谊。汗血马愉快地咴叫着，以面颊蹭挨着武帝宽大的袖摆，赤诚的目光撞疼武帝的胸膛，此时，武帝便觉这四年来的漫长西征，大汉所付出的一切代价都是值得的。阔地之上，他——汉武帝终于为自己找到了可以吐露心曲的朋友和伴侣。

以后的唐人杜甫有首咏此马的诗：

> 胡马大宛名
> 锋棱瘦骨成
> 竹批双耳峻
> 风入四蹄轻
> 所向无空阔
> 真堪托死生
> 骁腾有如此
> 万里可横行

百年的孤独

陈彦

写下这个名字,我先感到一种鹦鹉学舌的平庸,这是曾经给一位哥伦比亚作家马尔克斯带来了极大荣誉的长篇小说。之所以要用它,是因为再无别的名字可以使它显得深沉、博大而又富有历史感。马尔克斯营造的是一个叫马孔多的小镇的百年孤独。而我笔下将要展示的是一个早已消失在大林莽中的一条老街的百年沧桑。

它在秦岭深处一个叫木王林场的原始森林中,二十世纪初,这个森林中的一条通道,见天还曾有三三两两的客商,骑着骡马,驮着布匹、盐巴、生丝、药材,进行着拉锯式的长途贩运。这条在空中看,大概更像一条没抻直的麻绳的延绵曲径,一头牵着安康,一头连着西安,我所说的那条老街，不过是这根麻绳上的一个蝇头小结而已。它就坐落在一个叫四海坪的林莽天池中，当这个世纪即将翻去最后几页年历的一个早春，我与一位"地方通"，背着直径一尺六寸的锅盔，拿着半径二寸五的意大利火腿肠，经过一天半的长途跋涉，终于来到了这个被世纪遗弃的"昨日繁华"所在。

当从一个梁垭子探出头来，脚下豁地掉下去一个几平方公里的大坑，坑底平平展展，清泉潺潺。一望无际的芦苇、丝茅草、水曲柳和群群胜似闲庭信步的野鸡、野鸭、野鹤，把个山间天池装扮得江南水乡样婀娜多姿，风情万种。这是在海拔一千七百多米的高山上，据说不远处的一个制高点，在万里无云的晴和天气，能了见二百里外的省城西安。西安人知道二百里外的美丽天池吗？不知是谁给如此妖娆的地方起了四海坪这样个俗名，还真有些耽误了池子名扬四海的前程呢。

我们从梁垭子上跑步下来，顺着一座用水曲柳搭起的浮桥——说是桥，其实是不知何年何月伐倒的一棵棵水曲柳自然连接起的一条高出水面的"树路"——向池中一个岛屿进发。那岛屿便是昔日的老街，街已没有了街的基本形态，只有些琢磨过的石块石条，在半遮半掩的乱草丛中风化。一堆堆瓦砾砖渣上，长出了如云的毒蘑菇。一棵白桦树，硬是从一个破损的兑窝子底部拼命钻出头来，渐渐将昔日老街人杵米的石器撑成了八瓣，形成了一种非常奇特的生死景观。几个拴马桩，已经东倒西歪在蓬葛藤架下，一条菜花灵蛇正在那长满了苔藓的拴马绳眼中逛来遛去。半截朽如糟糕的龙凤雕梁，似让人联想到昔日曾经拥有的富贵豪华。据说这里曾有一周姓员外，生得一闭月羞花之女，长到二八年纪，适逢一陈姓县太爷赴任路过此地，见三魂先走了七魄，住半月双腿尚不能挪动，最后欲倾尽银囊，购此尤物，谁知员外并不缺钱，只觊觎他头上的乌纱尔。 风流县官二话没说，当下摘了顶戴，脱了官服，交了官印，并连夜将那"嫩丫"架在脖颈上，吭哧吭哧一溜烟驮出了四海坪。 传说虽然荒唐，却说明了老街的经济基础和可能因此显达的社会政治地位。

一溜坍塌的老坟，已经成为鼠穴狐窟，大概与人的鬼魂打交道久了，见人便并无惧色。 一只鼠在悠闲地捋着美髯，俨然一副超然世外的思想者架势。 妖狐是立坐着，伸出一双前爪来，对着一棵老树和树上的金蝉，比画着一些类似气功和似乎是在主持说话节目的时尚媚姿。 一只老鹰苍凉地叫了一声，不等它俯冲下来，天池里的所有动物，便在一阵扑杳声中归于沉寂。 真静，静得掉下一根针来，都能听到当啷一声响。 而在一个世纪以前，这里还是一条熙来攘往的官道，这里还有一条富贵温柔的老街。 仅仅是因为官道的改走，公路的畅通，而使这条勾连长安的山间捷径，在一夜之间，成了历史的死角。 花落水流，人去楼空，能留下的就只有这些走跑不得的孤魂野鬼了。 我被大自然这种无情的淘汰法则深深震惊。

据说这里的最后一位居住者，是一个叫殷老七的国民党保长。 因为他率民团，在一个石灰窑里凶狠地砸死了被胡宗南追赶到大林莽中的王震部队的一些官兵，而后为逃避镇压，长期藏匿于四海坪内。 当一只猎犬嗅着他时，已是毛发三千丈的放浪"野人"了。 地方民兵最后也是极其残忍地用铁链子穿了他的锁子骨，将他拽出四海坪的。 自此以后，坪里便再没有人间烟火。 直到二十世纪八十年代末，有人觉得如此肥美的水草，不开发利用实在可惜，才弄来一群秦川牛养着，谁知不出三月，便被白天的湿热和夜间的寒气折腾得悉数尸暴荒野了。

水走了又有来的，草死了又有生的，一百年少了人烟，一百年却完整了一个生态极其平衡的天池。 一阵轻风，卷来了一张发黄的旧报，这大概是护林工人丢下的，它成了古老天池里唯一的现代化文明遗迹。上面一篇《不可忽视知名度》的文章，文采极其风流，然而，当我大声念给山川风物、草木虫鱼时，它们却像面对一个无聊乏味的疯子一样无动于衷。 人都要到有更多人的地方去追逐更大的名利，而使一些本来极其养人的地方荒凉孤独着。 因为孤独，才使她休养得更加美丽，又因为美丽，我们才觉得她越发孤独。 其实她真的就孤独了吗？

就在我们即将横贯出这几平方公里的天池时，面前兀地立起一座关山。"地方通"说：这是龙女峰，传说四海坪就是她从东海带来的浴盆。 这传说虽然很牵强，却使我联想到了东晋道教理论家葛洪在《神仙传》里记载的那个"麻姑"：麻姑说自她成仙以来，已经见到东海三次变为桑田了。 那么这个亘古不变的"龙女"，又经历了几次、并且还将历经几番沧海桑田的变迁呢？

第四辑

历史是一条长河

丹青引

吴冠中

三方净土转轮来:黑白灰

青年时代,崇强烈:马蒂斯的色、梵高的热,求之不得。 二十世纪五十年代回到祖国,不愿学舌,不学西洋人的舌,也不学自家人的舌,哪怕你皇亲国戚。 于是孤独,寂寞,茫茫! 孤独者岂无钟情,爱我乡土。 江南多春荫,色素淡,平林漠漠,小桥流水人家,一派浅灰色调。 苏联专家说江南不适宜作油画。 我自己的油画从江南的灰调起步,游子眼底,故乡浸透着明亮的银灰。 艺途中跋涉了长长的灰色时期,也许人生总是灰暗苦涩,也许摸透灰调非数十年不入门。

不知不觉，有意无意，由灰调进入白色时期。依依恋情：白墙、雪峰、羊群、云海、海底浪花，白，白的虚无……白色的孝服，哭坟的寡妇扣人心弦，但画不得。"若要俏，常带三分孝"，令人赞叹民间的审美观。在宣纸厂看造纸，一大张湿漉漉的素纸拓上墙面烘干，渐渐转化成一大幅净白的画面，真是最美最美的图画，一尘不染。此时我渴望奋力泼上一块乌黑乌黑的浓墨，则石破天惊，艺术效应必达于极点。世界上新潮展览层出不穷，如代表中国新潮参展，我希望展出一方素白的无光宣纸与一块墨黑的光亮漆板。

行年七十后，我终于跌入，投入了黑色时期。银灰或素白，谦逊而退让，与人民大众的审美观矛盾不大。求同存异，我之选择银亮与素净也许潜伏着探求与父老乡亲们相通语言的愿望，属于风筝不断线范畴内的努力吧！意识形态在变异，五十年换了人间，中国人民心眼渐开，审美观不断提高，我先前担心他们能否接受抽象的考虑已是迂腐之见了。任性抒写胸怀吧，人们的口味也进入多种多样的商品味，信任他们的品评吧！我爱黑，强劲的黑，黑的强劲，经历了批黑画的遭遇，丝毫也割不断对黑之恋。黑被象征死亡，作丧事的标志，正因这是视觉刺激之顶点。当我从具象趋向抽象时，似乎与从斑斓彩色进入黑白交错是同步的。

暮年，人间的诱惑、顾虑统统消退了，青年时代的赤裸与狂妄倒又复苏了，吐露真诚的心声，是莫大的慰藉，我感到佛的解脱。回头是岸，回头遥望，走过了三方净土：灰、白、黑。

彩虹几时圆

　　近几年，多次突然接到外省学生打来的电话、电报，贺我寿辰，令我愕然。如不是由于护照上需要，我早已忘记了自己的生日。贺电者从我简历中查出生日，也弄不清是公历或农历。我反对贺自己的诞辰，反对别人写我的传记，告诫儿孙勿造家庙——我的纪念馆，只将作品撒向人间，遗体吗，作花肥，学林风眠老师的榜样，但还是有人坚持在写我的传记，国内一位评论家已写了很久，他说总想找一个贴切的书名，最近听说巴黎市立塞纽奇博物馆要举办我的个展，便决定要用"彩虹圆了"作书名，并以此题为巴黎展写了篇专文，文章开篇写道："为了这一天，他寻找了七十四年，像孤身奋进的过河卒子；为了这一天，他等待了四十七年，像窖中封存的陈年佳酿。"赞美之词令人不安，但彩虹圆了的构思却拨动了我的心弦。正如评论家梅利柯恩（Melikian）在大英博物馆展厅中问我：伦敦是你来欧洲展出的首选地吗？他们都击中了我的要害，自从1950年夏告别巴黎那一天起，我潜意识中一直怀着要回巴黎展出的强烈欲念。民族的歧视、祖国的落后、传统的光环、现实的愚昧……我确乎在独木桥、路上孤寂地摸索了四十余年，而又时时怀念着启示了我现代审美观的巴黎。法国人未必爱我，但我爱法国的艺术。法国的葡萄酒美，我暗暗怀着竞争意识，甚至敌情观念在试酿自己的葡萄酒。今天真的回到巴黎展出了，请法国人品尝东方之酿，其间或仍蕴藏着巴黎味吧。乡音未改鬓毛衰，回巴黎并非回生养我的故乡，却似乎孕育了我艺术的故乡，巴黎人在我作品中也许还能听出某些乡音吧。

塞纽奇博物馆馆长波波小姐在展目前言中谈道：若非最伟大的，也许是今天唯一的，他成功地融汇了我们两种文化，虽回归于传统的纸上水墨画，同时并用油画实践。她说中国画家留巴黎的，已献身于油画；返回中国的，重新发现了水墨，但抛弃了油画，像这样直至今天仍同时作油画和水墨实属罕见。我不馋，并非舍不得鱼或熊掌，而总在油彩画和水墨间往返忙碌是为了造桥，跨越东、西方的桥，是鹊桥，是彩虹，都离不开油彩和水墨——两大桥墩。

大胆往前走只凭感情和信念，渴死的追日者何止夸父。"回顺"是理性的，痛定思痛，应年轻读者们的希望，我有时也分析自己建桥的经历。首先是对东、西方审美观的体会与比较，张萱或周昉笔底的丰腴体态与马约的裸妇主要是体现造型中的量感美；"曹衣出水"走向极限将会邂逅杰克梅蒂，都紧紧把握着存在意识的本质；亨利·摩尔未曾到苏州看看园林的太湖石，太遗憾了；法国农民看塞尚作画，说他在劈，中国传统的大斧劈、小斧劈，与塞尚的洋斧劈均系从"描写"进入"表现"的必然过程；米家山水虽无浓妆，但与斑驳陆离的印象主义同样着眼于大自然的整体氛围。高鼻蓝眼与樱桃小口之美各有其地区、时代的特色或局限，但这些局限并不影响造型规律的共性。有一位技巧不错的工笔花鸟画家在故宫中看到虚谷的一幅白鹤与白梅，他认为画得乱糟糟的，很丑，虚谷在看似杂乱的错综枝线中对比出白鹤之素静，他用点、线表现黑、白、灰之块面转变。孤立看其笔墨若不经心，或近乎破碎，而整体效果浑厚深邃，如听周信芳的沙哑唱腔。死死抱着笔墨程式的传统画家如连虚谷都看不入眼，就毋须争论是非了，美感只能在熏陶中提高与扩展。看，用眼睛看，眼睛教眼睛，是美术教育的根本。

当我画出一幅自己满意的作品时，便决不愿重复一次，但当我又发现这幅画有遗憾时，就急乎大胆、痛快地重新创作。 学生时代看历代名作，一味崇拜，件件皆神品。 但毕竟逐渐发现这些名作的缺陷，甚至是致命的虚弱时，谁愿继承虚弱？ 比方说中国画的空白，成功的作品确乎表现了无限空间，或计白当黑，那空白负有全局构成的重任。但陈陈相因，在一般情况下，画面空白是消极的，是不了了之，无可奈何，彻底暴露了作者的虚弱，无力进入画面的经营结构。 西方人看中国画觉得没有画完，不要简单地骂洋人不懂，阿Q的秃是人人看得见的。 舍得一身剐，我想征服这几千年的空白，发挥积极的白的材料(宣纸)美特色。 因而近几年来，尤其最近，我的画面多黑背景，黑与白交织成多层次，竭力冲破画面那薄薄一层表皮，扩展到深远的空间去，利用宣纸特有的材料美创造的抽象空间，往往令油画无能为力。

任何工具都不是万能的，水墨无能时我又求助于油彩。 西方数百年油画发展史中，精华与糟粕相杂，识别精华与糟粕大不易，去西天的取经人往往深入宝山空手回，甚至偏偏取回了糟粕。 显然，学习西方油画毋须重复其历史，在中国再造提香或伦勃朗。 如要波底浅利来仿马蒂斯，他大概不能胜任，技与艺是不可分割的整体。 拿来的油画，入籍于中华，从体态到性格必然会在不知不觉中转变成新的品貌。 优生，须优选，郎世宁携来的种子不是良种，曾将鸡毛当令箭。 蹩脚的西洋画确令我们走了几十年弯路。 油画宜于塑造真实，也易流于死板，一旦中国的高格调写意进入油画，那是东方的新生油画，油画在东方获得新生。 久居西方的华裔画家将中国气韵引入抽象油画，令西方人耳目一新。 工具无国籍，无专利，中国的油画虽历史短，技艺未臻成熟，但凭深厚的文化背景、多彩的生活源泉，前途无量。 我们生活在这一历史期段，必然葬身于中、西桥梁的水底，作为或大或小的基石。

现代中国人和古代中国人有距离，现代中国人和现代外国人也有距离，哪方面的距离更远，不同情况须具体分析，但可肯定一点：现代中国人与现代外国人之间的距离必然日益缩短。 在希腊，当然永远有研究古希腊文的学者，但人民大众间，恐怕学外国语的将比学古希腊语的更多起来。 中华民族的独特气质必须通过现代汉语及外国语被世界认识。 绘画也是表达感情的独特的形式语言吧，这语言同样在历史中演变、发展，谁爱听陈旧语言唠叨陈旧故事？ 这回将我四十余年种植的成果、苦果展出于巴黎，真是别有一番滋味在心头，西方人听得懂我的语言吗，摸得到作者的脉搏吗？ 记得当年临别巴黎时，同老友熊秉明谈及现代造型艺术的形式科学问题，他赠言回去后决不可放松、让步。在长期批判中我坚持"造型艺术不谈形式美便是不务正业"的观点，同时也坚持了自己"风筝不断线"的观点，因我生活在苦难的中国，不能忘情于同胞乡亲。 如果展出能引起法国观众的共鸣，那将是对我造桥信念的慰藉，桥，是彩虹吧，彩虹几时圆！

寂寞里好读书

龙莱

寂寞，我觉得是无色无味的，没颜落色的悲哀，不够痛，却够苦恼，如果想不通，它也是很折磨人的，仿佛灰寒的天空落着一根羽毛，飘飘坠坠，气若静丝——这样的人生总是不尽如人意的，一旦计较起来，也实在是不愉快——灰蒙蒙的雾的感觉，起了一个大早，却什么也看不到，等到看到，太阳已经老高了，很快天也晚了——这真是很糟，但是如果有了书，情形就不一样了。你不必费心地翘首以待，等来的却是失望。身后的书里，自有风景，它会拽着你的衣服，跟你絮絮叨叨窃窃蹙蹙数说人世沧桑，上下几千年……都是"风月无情人暗换"哪。

小的时候，不知寂寞为何物，读书只是为了好玩，不过是在字里行间追踪人家的哭哭笑笑罢了，宛如隔着篱笆看别人家院落里的短短长长，大人呼小孩叫的。虽然也跟着痴痴迷迷，但终究是隔着一道篱笆的，转身就忘，没心没肝，跑开去，了无牵挂。其实，那也是很好的。小小的人儿，能载动什么忧愁？记得穿着肥肥厚厚的绣花老棉鞋，为了抖落鞋上的灰，可以蹦得衣冠不整，全身汗透，还弯下腰大笑不已，直笑得要岔气——不知道为什么那么快乐，现在是想不起来了。大概就是"少年不识愁滋味"罢。回头一看，多少年华过去了。那样的读书光景，乍暖还寒，毕竟不是一生一世的事。

　　长大了，难得有大笑不已的时候，性格上是安静的，有点落落寡合——大约就是寂寞。然而心里是从容不迫的，仿佛千年万代都可以这样，一种笃定的情怀，很少没着没落的恐慌。喜欢岁月一直这样过下去，之所以这样有恃无恐，因为我身后有书，书，书……

　　在大学里，与书相伴，是最酣畅淋漓的。我有大把大把的时间——双手揪满了青草似的，泡在图书馆里，一切都是初春的气息，百草丛生，万花盛开——什么都是来得及的。那种欢喜是无边的。永远记得那些深红色的阔面大书桌，许多人围坐一处，窸窸窣窣的声音，翻张弄纸地读着，四周是鸭蛋青的落地窗帘，在风里静静垂着，仿佛从古及今，一口气吹成的风，从没断过。我在这样的仙风里，养就了一种道骨——喜欢冷清的寂寞，寂寞里好读书。

　　只要有书，寂寞是那样的恰到好处，多一分热闹，少一分冷清，都是不行的，令人坐立不安。我不喜与人诉苦，一切的是非，都是人生出来的。我不想扩大我的哀愁。心里有事了，找一本书坐下来，再倒一杯水——这便是我消愁解忧的法术了，可以说是无边的，每回都能缓过来。我常常为此充满了生命的欢悦，觉得自己是刀枪不入的，什么劫难都不怕。曾有一段感情破裂的日子，唇寒齿冷，手足冰凉，孤寂到了极点——一切都是黑色的，连同穿的衣服。我在窒息里下沉，一点一点地朝生命的洞底掉着，无可挽回的趋势，顺流而下——也仍然是不跟人说的，整天只坐在图书馆里，在一本又一本的书里留念人生，越来越舍不得——舍不得这有书的世界。因为有书，这世界变得有理可讲了。有理可讲，便不会再孤寂，那是处处有知音的感觉。人生的苦难，纵使千山万水，有了知音，什么都不怕了，可以一路说说笑笑地过来，游山玩水似的，相伴到天涯。

从学校出来，不再有机会天长地久般地坐在图书馆里了。然而仔细算算，还是与书相伴的时间最多，白天工作，忙于应付人事沉浮——也只是忙，一般是不动心的。到了晚上，回家，一个人的时光，全不一样了——各种各样的情绪撒欢般地跑出来，小儿女似的缠着我，或嗔或痴，个个千娇百媚，我也是纵情的，率领它们在书里赏玩，各取所需，流连忘返。归来，总是满载的，精神的筐篮里填得累累实实。这样的夜晚，即使寂寞，也是富丽的——富足美丽，我不愿意被打碎，这是我最喜欢的生命状态——往往只留一盏台灯，压得低低的，在温婉的光晕里直到天明，白首了也不可惜。

说不清，是因为寂寞才喜欢读书，还是因为读书才喜欢寂寞。只知道，在我，二者缺一不可，我都舍不得。哪一天，我没有了书，或者没有了寂寞，我的生命将不知出现什么样的紊乱。这是不可想象的。

寂寞了这么多年，却不觉得寂寞的苦，都是因为有了书——我心里实在是感激的。

历史是一条河

葛水平

在山西境内，沁河是仅次于汾河的第二大河流，民间有小黄河之称。它从远古就以深切的母爱和血脉之乳滋养、丰润了两岸，人们在河岸上扎下根基建出了村庄，开垦出田地，河流孕育了两岸文明，它终让时间在边界内尽情闪现出灿烂之光。

沁河：即沁水，古称少水、洎水，是黄河的一级支流，发源于山西省沁源县，干流流经山西省的沁源、安泽、沁水、阳城、泽州等县，于河南省济源市五龙口出太行山峡谷进入下游平原，流经河南济源市、沁阳市、博爱县、温县至武陟县方陵村汇入黄河。全长485公里，落差1844米，流域面积13532平方公里。我于2011年10月份开始沿着它的源头寻着它走,走近它曾经流过的村庄,我看到繁华露出瘦削刚硬的筋骨,素净的沁河与壮阔的秋风,无限扩大了村庄两岸衰落后的萧瑟,我不能够欢喜。 一座村庄,一代人的驿站,路上尘土飞扬,扑打人的脸,水成为村庄的终结,也丰沛了万物。 然而,随着经济建设的飞速发展,人口增多,一方面,沁河两岸的土地面积日趋紧张;另一方面,由于人为设障、缩窄河流、开采煤矿,一条河流,在孤独和将要面对的绝望下虽爱于执着,然,不得不面对它最后的宿命——死亡。

我在想,我是否要追随一条河流流浪下去,在白与黑的交接中,我做一个简单的人,爱,或者走,在岸上打坐,在河道放牧,做一个河岸初始的人,等月亮落入我的怀中。

我明白我已经不能,城市的文明耻辱地挂在我的脸上,苍白,没有红润的血色,我的脸和我的思想一样,爱并尴尬着。

水是生命和文明的源头,所有文明都有一条滋养自己的河流。 比如恒河、尼罗河和幼发拉底河,它们是印度、埃及和巴比伦的母亲河,黄河也一样,是中华文明的摇篮。 比起四大文明起源的其他河流,黄河的性格是乖戾的,放荡不羁,在它传播文明哺育文明的先祖的同时,又给我们至少带来了五千年的灾难。《中国大历史》一书中说,两千五百多年的时间里,黄河曾经溃决了一千九百五十多次,改道二十六次之多。 有作家用文字告诉了我们:

黄河,平均三年就会发生两次决口,一百年里就有一次大的改道。

择水而居,人类从诞生那天起,面对河流就面对了灾难。

黄河,是从白云缥缈的巴颜喀喇山下来的,由西而往东,关于它的发源,昔日曾把新疆南部塔里木盆地中的葱岭北河和葱岭南河,当作黄河的源流。一直到了清高宗，派阿弥达到达青海实地调查，始知黄河实导源于噶达素齐老峰之下。蒙古语——噶达素——北极星——水作金色！一个"金"字，把黄河的水抬到了文字的最高处。

那么沁河呢？黄河下游的一级支流，北倚太行，东临太岳，南屏中条，西接晋南，当潞（长治）泽（晋城）之门户；扼平（临汾）蒲（运城）之咽喉。《左传·襄公二十三年》："齐侯遂伐晋，取朝歌。为二队，入孟门，登太行。张武军于荧庭，戍郫邵，封少水"，文中的少水即沁河，当指沁水县端氏附近河段。《水经注》的记载："沁水即少水也，或言出谷远县羊头山世靡谷。三源奇注，经沍一隍，又南会三山水，历落出，左右近溪，参差翼注之也。"这条山西的第二大河流，从山西沁源的二郎神沟发出如歌的欢音，让彼岸人相观此岸世界，它是佛，一路走来，宁静心绪、洗涤尘埃、广布和谐姻缘，在青翠广阔的田野沃土上，于云雾山谷间远去。

历史上几次大的人口流动多由天灾或政局不稳造成，而流入沁河两岸的灾民和流民，他们带来自己的手艺，他们用自己的手艺繁华了沁河。沁河，上苍这份得天独厚的礼物，它用它朴素的胸怀接纳了他们，它承载了纯正的华夏文明。

"清泉百丈化为土"，在岁月节令中成长的一代一代人，不管他们的先祖来自何地，从沁河走出，他们都是喝沁河水长大的人，对养育自己的河流，似乎已是身外无忧，碧水在胸。

拥有一条河流出生的人，是活在世上最幸福的人。

我庆幸我喝沁河水长大，沁河给了我聆听天籁的声音。

在纷乱的人世间，我已经远离沁河了吗？越走越远，已经没有回头的迹象了吗？ 这不是我的意识所为。 你看我有多么的虚伪。 我曾经努力来试图控制自己回到故乡，回到我的小炉台前去闻那小米捞饭的清香，但是，这一切都只是一种表象，头顶的燕子依然在飞，晚夕的阳光落卧在河岸上，我已经不是当年那个穿枣红格格粗布衣裳的女孩。我曾经想在这条河流的两岸找到我的爱人，纷乱的时空和爱一声不响逃亡。 经历带着某种诡异的色彩，当我们彼此放弃了可能美丽的老年故事，我明白，生活不过是一场华丽的寓言。

河水告诉你美好和绿，告诉你湿润的空气是挂在柳树上的。 我走，树给我阴凉，给我欢喜，给我万花盛开。

路上尘土飞扬，当我走近河流的时候，清浅的水晃动着我的倒影，岸上连片的玉米，旖旎灿烂，只有一条河和它流动的河岸才具备我爱人的特质。

沁河，它给人间永远的恩惠，它接纳所有走向它的人民，它给它的人民秋日灿烂的金黄。 我沿着它的河岸走，河水若即若离。 我已经找不到黄土的道路，只有黄土的道路上，牛粪才能蒙上一层粉白的细尘。我一生有所悔恨，是未来让我离开了我的村庄，离开我故乡那张古旧、粗糙、安静、纯朴、沧桑的脸，离开养育我的河流。 我的生命已永不能返回初衷，夕阳驮走了我，我曾经那样熟悉我的故乡，我是一个在外乡长成的女人，我的沁河澄净如梦，我时刻眷念它，我对它永怀感恩：父母给了我健康的生命，沁河给了我健全的心智。

沁河，我一路沿着河道走来，与旷野的寂静一样，我祈祷，希望上苍让我听到弦响般的风声、水声、燕声和人声。 我走过春暖花开，我走过内心的依恋和不舍，我看到一只乌鸦的黑翅，在一块棉花田里张

开,在另一块麦田里收拢,它望着虬枝苍劲的老树,叫着,把河流推向远方,推向野花次第开放的远方,推向炊烟飘荡千万年后消散的远方。

我走沁河,我明白我们的河流是需要怜悯的。

同时我想说,流域文化是一种区域文化,地理与人文相互激荡,沁河最终形成充满地域特色的文明。 然而,谁又能看清文明的底牌呢? 我只知道,沁河的河道像瓦一样粗粝,我敬畏曾经在河岸活着的朝气和欲望。 我怀念,源自一种骨子里的自卑,我有多自卑我就有多孤傲。我,只走我的母亲河……

水在水之外活着

一条宽阔的谷地间,曾经有一条河流过,如今一群羊恰似河的洪峰滚出山间,向更远处四散而去。 这生殖的土地,鲜花盛开,青草繁茂,正适合羊们的口粮。 一切都是晴朗的光照,数丈宽的河道,下游一位年长的老汉说:"往山里走是它的源头,公家人叫它沁河源。 走到我的脸前头我们喊它秋水河,因为当年秋天雨水多它的声音大便有了这个外名。"

古人誉之为"沁水秋声"。

有诗曰:

滔滔沁河不停留,一色同天节到秋。
银汉高连云漠漠,金风暗转韵悠悠。
一帆风顺千波助,万籁含虚两岸幽。
浪及中州勤灌溉,但叫邻省屡丰收。

沁河，南北贯穿晋东南。我们立足的这个县就叫沁源。

沁源，因三晋名水——沁河六出其源于山中而得名。（官滩乡活凤村、景凤乡西沟、白狐窑马泉村、赤石桥乡涧崖底村、聪子峪乡水峪村、王陶乡河底村）东部有连接屯留的老爷山与沁县交界，南部有雕巢岭和罗云山与屯留、安泽相连，北部有谒唳山（又名遥头山）分界平遥，西部有绵山、石膏山、灵空山、霍山相交于介休、灵石、霍县。四面高山的中部有云盖山、黄土岭、天池山、青龙山等山脉耸立。山间沁河的六个源头清泉喷涌，碧水成溪，汇成了绿水沁河。除了沁河的六个源头外，沁源境内还有青龙河、狼尾河、木白河分别汇入沁河，一路走来大放光明。

河之源头魅惑了天地两界。更主要的是魅惑了我。

往里走，树开着白色的花朵，望远处，繁华无比。繁华之上，绿色之上，我无法判断那是什么样的香味，我只知道它洗净了我的心肺，像是要重新焕发一个新的我。我知道，每一个人的出生地都会有一条河流走过，每一条河流都用它天国的乳汁喂养了它两岸的子民。我知道，河谷两岸简单的炊烟有对于日月任命的担当，视命为必然的乡亲啊，你们知否？一条河养育了你们子孙万千福分。

看天空，把花魂揉进去的云朵给我神秘，给我引领。

车开入河道，河卵石高低起伏着，有青草填补了它们的缝隙，黄绿交织，有繁荣，有寂灭，也有疼痛。郦道元《水经注》这样记载："沁水出上党。涅县谒戾山。沁水即少水也，或言出谷远县羊头山世靡谷。三源奇注，经泻一隍，又南会三山水，历落出，左右近溪，参差翼注之也。"

　　西汉时山西沁源县叫谷远县，武乡县叫涅县。

　　河谷两岸没有人烟。云朵让天空无限扩大，空了的村庄让我六神归位。

　　这样的时候，因了空气的绝对新鲜和纯净，声音的穿透力也特别强，不知名的小鸟啁啾声声，在空旷中游走，那啁啾声便遥远了一切，透明了一切。我们奔跑而去，让景色生动起来。一条土路被水漫过，形成水路。人走在水路上，两行杨树形成密匝匝绿色拱道，在一个马蹄形的缺口前水流分开到两边山脚下。

　　"源"至此而出。

　　泉水清澈，冰凉清甜，东边泉眼水流湍急，西边泉眼水流平缓，两股泉水流出数十米后汇成一股，顺河谷而渗入地下。我俯身就地一气喝了数十口，一阵剧烈的清澈刺进骨髓，我体会了水如何奔流，在我的躯体内，它将在我的胃囊壁上生成露珠，水让我的身体实践着自然法则。我活过了多少年？少年、青春，我何时学会过俯视脚下的这片土地？而我另外一次生命的少年时期，我望着天空飞越而过的飞机，轰然而响，一首儿歌让我满含热泪。"小闺女，快快长，长大嫁给洋队长，穿皮鞋，披大氅，坐上飞机嘟嘟响！"文明，洋溢着天生逼人的高贵。活到现在，我相信，我历尽往生。活到现在，我活在了电子时代。为什么所有的事情一定要等到后来？我尽量不忿世不嫉俗，然而，我明白最简捷的办法是让我死去，很绝望，我已经喜欢上了这样的清澈！

　　我抬起头来，山崖壁上有大小不一的洞，能感觉到在远古那些洞都有水出，水流分散，涡流丛生该是怎样的景致！ 浅浅的一汪至山间流出，我把手伸进去，它的深度淹不到我的胳膊肘。 水流出泉眼，慢铺开来形成小河，水面刚能把我平放的巴掌淹住。 走过河对岸，鞋面不小心会被水打湿，也许是故意的，此时的我居然对水生出了敬畏之情。 水面上因了阳光的感光不同，看上去呈颗粒状，有别一番模样。 对岸有碑亭，新修却已经残破。 是山西省人民政府在此设立下的"沁河源头纪念碑"。

山崖上的那一朵黄花陡然间湿润了我的眼睛。 它不是原来就这个样子，如今，羊群代替了它成为河道里流淌的植物。 开着五朵花瓣的黄花，自在地生动着，羊群走来，放羊人撒了细盐，我听见羊舌头抹布一样擦着石板，像一支曲子在低声部回旋。 放羊人挥着皮鞭，鞭梢带着响，羊群聚集在一起，那一只头羊昂着头，相比于那些勾着头吃草的羊，那只头羊扩大了我的视野。 源头在我身后一百米远的地方就已经看不到水了。 我坐下来，粪蛋蛋落在草丛间，索性躺下，我的情绪复杂。 源头的河床这么宽，那是常年流水落下的影子，我现在只能用幻觉来填补它的空缺。 这个世界已经失去了用心灵与眼睛观察的习惯，快乐是持久的，痛苦则是刹那之间，而人都喜欢飞蛾扑火，谁在为眼前的利益狂欢而死？

明代诗人王徽诗云："沁水河边古渡口，往来不断送行舟。"在沁河两岸的冲积平地和原有台地上，由于沁河总体水量的减少和沁河水被过度地开发利用，昔日汹涌的河水变成了今天的涓涓细流，日常流量从过去的每秒几百立方米下降到几立方米。 放羊人说："也就几年光景，什么都没有了。"一种贴近泥土说话的口气。 我看到台地上的秋庄稼卷曲着叶子，阳光像电一样烤着它们，一个旋风旋过来，没有旋走，头与尾咬在一起，越旋越大，河道里什么都没有，连它想卷起的土尘都没有，它孤独得只能同自己的影子搏击了。 旱大了。 旋风过去，放羊人说："看着是河的源头，却使唤不上水。"一条河的旺衰总有一定的规律可循，领导人在社会转折关头的抉择也非常重要。 资源可以爆发最激烈的战争，谁都知道，对资源无节制的开采，当一座城市变为一片废墟，一座最为繁华的都会变成一片草场，沧海变桑田，有谁知道我们少了什么？ 变化，只是多维世界一个很简单的动作，我们对于身边清醒事物的认识最兴奋的事情，依然是挖掘。 走走走走走，汲取什么才能够让水茁壮成长？ 我看到薄淡轻疏的云彩，正俯视数十万烟灶的生命，并不是太久的岁月，放羊人说："河道里的水再都不敢喊河了。"那些植物和人一样喜欢喝清水，黄花遍开，如经脉一样的腰肢风姿绰约在阳光下，放羊人甩开鞭声，羊群们奋力撂开蹄子顺着河道走往山外，放羊人的鞭声坚硬而空旷。

谁能知道眼泪是生命最后一抿唾液？

我走沁河，水在水之外活着。 却是我心里的急事。

三张头等舱的机票

陈祖芬

亚诺什·斯塔克提着大提琴笔挺地走上台。斯塔克是笔挺的,大提琴也是笔挺的。斯塔克向观众缓缓鞠躬,大提琴也向观众缓缓鞠躬。感觉中,斯塔克与大提琴其实是一体。在人前,一个是斯塔克,一个是大提琴。在人后,斯塔克就是大提琴,大提琴就是斯塔克。

斯塔克是美籍匈牙利大提琴家,世界公认的 20 世纪最伟大的音乐家之一,有"大提琴王"之称。这次专程到中国参加北京国际音乐节,是免费演出,只要求给他三张头等舱的机票。当然,一张是他的。一张是钢琴家的——他说一定不能讲伴奏,是合奏。那么第三张票是给谁的呢?

那把大提琴。

那把大提琴是1705年制造的。斯塔克是1924年出生，提琴的年龄比他大二百多岁。当提琴终于投入斯塔克怀抱的时候，提琴觉得眼前这个人，她已经等了他二百多年了。从此他们形影相随。斯塔克坐头等舱，大提琴一定坐在他身旁的座位上。不过，斯塔克要是去爬长城，那怎么办？

演奏钢琴的希吉尔·内律基，是造诣极深的美籍日裔钢琴家。当他的手指在琴键上滑动时，立即激扬起我体内生命的河流，涌向我的眼睛。我满含着泪水，感觉着一种痛苦的甜蜜。我小时上海老家的附近有一幢高楼，高楼的哪一个窗口天天飘落下来丁丁冬冬的钢琴声，并不熟练的，我想是一个与我一般大的女孩在习琴。妈妈老是说我要是能弹钢琴就好了，因为我手指长，五指可以分得很开，生来可以在琴键上"纵横捭阖"。更因为我喜欢钢琴，说不出来的喜欢。虽然明明知道那从天上飘落下来的音乐与我无缘，当教师的爸爸妈妈月薪只够维持全家的生计。这次来听音乐会，在大厅里碰到一位女友带着她的十多岁的女孩。女友快人快语地说女孩上重点中学了，她一高兴就给孩子买了架钢琴。"买了架钢琴"，这句话顶多用了一秒钟疾驶而过。这项消费在今天有独生子女的家庭早已不是新闻。尤其是那女孩儿的品貌出众叫人爱得不行。音乐，毕竟需要经济载体的依托和文化氛围的熏染。

6月北京国际音乐节，有两场演奏会只卖出几十张票。比起"追星族"在流行歌星演唱会上的狂热疯癫，钢琴独奏会还是如那琴键一般冷清。想到音乐家从台上看座位空落的观众席，真如缺了很多牙的口腔。我便想去音乐厅"补"上一只"牙"。我正在远郊，参加市作协的会议，只能赶回来看那最后一场大提琴演奏。我与作家们说此事，一下鼓动起连我共十七人要去音乐厅"补牙"。然而我险些搞不到票。因为，不知为什么最后一场演奏会突然火爆起来。是突然意识到北京终于能举办这么？这个国际音乐节，也是社会发展到1993年的产物，怎么能不珍惜？是不约而同的"补牙意识"？是斯塔克的魅力？

是斯塔克用弓弦拉出了贝多芬、舒伯特、德彪西、勃拉姆斯，还是大提琴拉出了斯塔克？乐声中，他和琴交融为一体。那琴，不是搁上他的左肩，而是从他的左肩长出来的。琴端支在地上，便是他生命的支点。胳臂与弓长在一起，胳臂也是弓。拉到激越处，大提琴向前或向侧伸出穿着黑皮鞋的左脚或右脚。乐声舒缓时，不会注意到斯塔克的脚。他整个人，尤其是面部，如木制提琴那样庄重而不带表情。斯塔克的世界里，只有E小调奏鸣曲、D小调奏鸣曲，没有一个杂音。

不，有了杂音。或许别人听不到。但是斯塔克的耳朵受到了刺激。有些观众在照相，按动快门的声音刺进了亨德尔主题变奏曲。曲毕斯塔克进幕后，工作人员向观众们递话：不要拍照。观众感谢这文明的提醒。如果说，变奏曲演完时观众报以热情的、恰如其分的掌声，那么，当斯塔克从侧幕复出时，观众们报之以加倍的掌声。

演奏会结束，十几个观众奔向台上向斯塔克和希吉尔·内律基献花。掌声变成整齐而有节奏的要求。斯塔克，原来你在中国有这么多的知音；斯塔克，原来你在中国有这么多的尊敬。终于加演了一曲。曲毕掌声还是不依不饶，坚韧不拔。从这掌声中，我看到我女友那刚买了钢琴的女孩在这噼噼啪啪的声响中，在这噼噼啪啪的春雨中向上成长。 如果说，斯塔克第一次从侧幕复出时观众的掌声还带有相当的理性，那么这一次的掌声几近完全是感性的，不是致礼，不是尊敬，而是热爱，而是钟情，是因为我们要听斯塔克，是因为我们喜欢这把1705年的大提琴。

但是斯塔克太累了，他生命的音符在大提琴的弓弦上流淌了一个晚上，尽情，尽意，如何还能有不尽的精力？

然而掌声一发而不可收，哗哗啦啦铺天盖地，如汹涌的潮，拍击着空寂的舞台，一浪，又一浪。 纵然徒劳也要汹涌，也要拍击。 这是心的呼唤和情的宣泄。

亚诺什，斯塔克提着大提琴走上台。

呼啸的大海顿时安静下来。 阳光辉煌，大海灿烂。 音乐使人类相通，人类在相通中走向共同的光荣。

这次是一人独奏，无伴奏奏鸣曲。 当最后一个音符从弦上落下，那弓还平行地横在琴上，那右手还那么悬着，那左手也还长在弦上，那音符还没从斯塔克心中落下。 亚诺什·斯塔克便成了一座雕像，在缓缓落下的音符中升华。 什么时候，我们还能为斯塔克准备好三张头等舱的机票呢？

手艺的黄昏

车前子

有座城市像博物馆的话,这座城市就是苏州——手艺被保存在里面了,是一座手艺的博物馆:放大在黑白照片上,还罩着层厚厚的玻璃。当我们要想看清在手艺中运作、点化和擦动之手时,我们的脸与身子也就在那手艺的黑黑白白中浮出了。

厚纸灯笼在廊里淡淡地洒着,这个"洒"字不得太潮湿。 因为厚纸灯笼的光,似乎比秋声与黄叶还干。 廊很长,腰带般挽着厅堂。 廊外有月唇一片。 是淡红的,在芙蓉花上。 不是芙蓉映红了新月。 这种淡红里带着微黄的丝缕,像从本身的最深处散文开来的回声:多嫩的月亮——宇宙这只大橘子里才剥出的一瓣橘瓣,朝它吹一口气,就会胀开汁水。我站在庭院里,此时的厅堂像坐在了榻上。廊里铺地方砖,凉如蔺草编就的席子,在台阶那里露出一角,干净得让人不敢插足了。

细细的,从厅堂里长流来昆曲的细水。仿佛磨砂玻璃的霜毫——传统不是在我们之前,就是在我们之后的一种东西,我想。我继续在庭院散步。突然,被眼前的一幅美景惊住了:一位化妆罢的旦角,迎面向我走来,冲我微微一笑:她大概要上场了,柳腰一摆,消失在长廊的那头。我似乎微微晃动着,丑陋的身体也会生起万种风情。等她消失,我才想起她是我认识的一位昆剧演员。在台上,我并没有注意到她,我注意到的只是她演的杜丽娘,而在台下呢,她仅仅是一位可以聊聊天、说说笑的同事(我当初曾在一家与昆剧有关的文化公司干过)。那一刻,我像一条空空的长廊被脚步声响过了,我觉得我看到了一只消失或行将消失的手,像我们的脸和身子在手艺的黑黑白白中又浮出了,在某种黄昏的手艺里。

可遇而不可求:庭院、长廊、新月、厚纸灯笼、浓妆的旦角与散步的我在非舞台上相遇了,也就在那一刹那,我听到了一只手浮出之声。面对传统文化,我们常常看到的只是手艺。当能握住手艺背后的那只手,哪怕只轻轻地碰了一下,那么,所谓的传统,我们根本用不着刻意去保护、去弘扬,就能"恁今春关情似去年"了。

厚纸灯笼里的光波动着灯笼上的厚纸,厚纸的纤维仿佛能摹仿出蓝桥下的春湖。庭院里的芙蓉花丛边,还有簇竹子。竹叶黏黏糊糊地煮沸了风声,只有靠近边缘处的竹子,才看得清它的几片竹叶。就是通过这几片竹叶,古代的人们找到了比庭院更深的水墨竹园。而另外的一些古人,则从绢上取下一截墨竹,吹出笛声箫音来,不绝如缕,轻轻缠绕在厚纸灯笼的光芒上。

许多东西,看来也只能像把笛声箫音缠绕在厚纸灯笼假设的光芒上了。 我在写这篇文章时(正写到这里),一个孩子,摇摇摆摆来找我了。 她是邻居的孩子。 请我折一只帆船。 她打断了我的写作,却给我带来了与这篇文章若即若离的东西。 她给我拿来了一张纸和一本《最新儿童折纸》,是山西人民出版社出版的。 她翻到第13页:十三、小帆船。

1. 正方形纸对中线折。
2. 沿虚线折出两只角并向边拉出。
3. 上面折法与图二相同。
4. 沿虚线向上折。
5. 翻在沿虚线按箭头方向折即成帆船。
6. 帆船。

小帆船折成了。 其实不按图索骥,我也能折出这一只帆船。 我祖母早教会了我。 对于我,这只帆船的折法就不是最新,它像是传统。 传统就是经历。 对于她,因为从没人教过她折过帆船,所以这只老祖母帆船,也就是"最新"的了。 换一个空间,换一批人,昆剧与我将在后面写到的桃花坞年画就是最新的东西。 传统是一根回形针的形状。

我看见她的手在摇,欸乃一声,帆船驰入山水绿中了。 这只手是生命,是手艺内部的生命。 它使传统蓬勃得不像传统——像今天才被发明的事物。

谈月色抱着块梨木板。梨木质地细腻硬实，刻版时容易传达稿本的精神。他边走边拭掉梨木板上的灰尘，发现右上角有个蛙洞。谈月色用手指甲刮刮，竟越刮越大，雪泥般融化成一只独眼窝。瞪着谈月色——从这只空洞的眼窝中我们看到了怜悯和衰老，他朝刻版工场间望去，刻版只有几个人了。刻版工作的确是很刻板的工作，钱又少。木屑在桌面上堆高，埋没了刻版工的手。有手艺的手并不都是很精致的。

苏州桃花坞木刻年画社早已从桃花坞迁出。桃花坞里无桃花，也看不到船只泊在浊浊的河水之中。有明一代，这里出了人"物"。人是唐伯虎，"物"是年画。故称"桃花坞年画"。有一种浓浓的、柔柔的、喜庆、烂漫又极铅华的微风吹来。产在苏州其他地方吧，如鸭蛋桥，叫"鸭蛋桥年画"，就不能很充分地体现时女游春贩夫赏花的市井气息了。其名与明代江南是合拍的。最早是笔绘出售，后改为刻版套色。乾隆年间，大小画铺集中在桃花坞和桃花坞附近，有数十家之多。像现在饭店似的。"桃花坞年画"的色彩异常鲜烈，由此看来苏州的古人极其"好色"，像苏州的今人极其贪食一样。苏州人真知"性也"。

（据说，"桃花坞年画"影响到日本的浮世绘，但它自身并无大的发展。我过去认为是被市民趣味的局限，现在看来并不尽是如此。市民趣味反而是它的发展动力，只是中国从没有出现过一个真正的、稳定的市民社会。根据西方人的观点，市民社会中最重要的似乎是自由的空气。市民趣味得不到保障,于是根深蒂固的士大夫习气就来影响民间艺术了。民间艺术往往就坏在士大夫手里。变得暧昧起来。于是桃花坞年画的具体制作者就急躁,就想引进外来文化来冲冲晦气。但只在年画上留下了这样的字样:"仿大西洋笔法"。这是清代的事情。)

谈月色告诉我:过去年画行有句话,叫"忙三季,吃一冬"。一到冬季,年关将近,四方主顾,摇船而来。把画工们制作了三季的年画,狂购而去,像现在把明星照携往穷乡僻壤似的。这种黄金时代已不复有了。桃花坞木刻年画最终也只能成为一门怀旧的手艺。

这点是要说明的,在桃花坞木刻年画社里,并没有谈月色这个人。是我虚构的姓名。谈月色尽管空泛,毕竟美丽;谈月色尽管美丽,毕竟空泛。谈月色这个名字,说得清楚一点,是我借用来的。女名男用。姓是民国时的才女,印治得非常好。女子治印,即使在现在也不多见。故想为其传名,拆迁在了这里。莫邪铸剑,月色治印,剑为捍卫自身的存在,印是证实存在的自身。手艺证实了手曾存在,但这双手呢?

在想象的手艺的博物馆边,黄昏时候,我看到了市盲人学校(这是我多年前参观时看到的一幕),美丽的女老师在教他们阅读,手到之处,他们知道了美丽是怎么回事:书上说的就是"柳眉杏眼"。女老师拿过了柳叶,他们摸了摸;女老师拿来了杏核(现在不是杏子的时令),他们摸了摸,他们笑了。看来这是我们永远的手工课。

羊肉泡馍

阎纲

"羊肉泡"或叫"羊肉泡馍"是西安最富传统色彩、最有地方特色的名吃,在全国饮食界独树一帜。"羊肉泡馍"的制作十分精致,从挑羊,宰杀、选肉、配料、炖煮到打馍,形成一套极其严格的操作工艺,是陕西人以至西北人与生俱来的美食。

红白相间,肉面浑然,色嫩、汤鲜、馍筋、质滑、味醇,视觉味觉都是高度享受,端的一碗艺术品!

你看它又荤又素,又软又硬,又干又稀,又香又辣,又俗又雅,又贱又贵,又有嚼头又好嚼,又能禁饱又不撑着,油而不腻,筋而不塞,不管年老年少有牙没牙一概食如甘饴,吃一顿饱一天。 家乡传统的饮食文化自小滋润着我艺术审美的胃口。

　　吃法独具匠心，就餐者与操作者必须配合，馍掰得越小、越细碎操作起来越拿手，吃将起来才够味。自己掰的自己享用，参与感使你倍感亲切。行家吃泡馍，讲究"蚕食"，切忌翻搅，须从碗边选准突破口，逐渐向纵深发展，由点到面，像挖坑一样，一镢头一镢头地刨，一大口一大口地吞，动作快捷而方寸不乱。掰馍可是一种享受啊！三朋四友，七大姑八大姨，大家围坐一起，清茶一杯，边谈边掰，不在匆匆填饱肚皮，只求细细地剖白心迹，亲情、公关、解馋三不误。慢慢地掰着，慢慢地说着，慢慢地喝着，茶逢知己千杯少，碗中珍珠不厌多。席面当间是西安特制的辣子酱（或称酱辣子），另外两盘是糖蒜和芫荽（香菜），手中馍时不时地掰出稍大一块伸手蘸上一疙瘩眼前香喷喷的麻油酱辣子，有滋有味地嚼它两口，然后倒吸一口气，连连"嗯！嗯！"几声表示满意。该说的话最好在掰馍时消消停停地说完，等到泡馍端上来时，各人顾不得斯文，猛虎扑食一般，迫不及待地和那发出刺鼻香味的碗中物激战起来。只见满脸汗珠子一粒粒直往外冒，只听见嘴巴忙忙碌碌呼哧呼哧直喘气，这时候，只有这时候，天大的事你得搁在一边，天塌下来也得把碗打扫干净了再说。

　　似乎多日来受些风寒头痛脑热的也去了大半。

　　二十世纪五十年代，"羊肉泡馍"进京，在西城新街口开设了家"西安食堂"，那时，你要说西北有美食，其名曰"泡馍"，人家莫名其妙，像是听说洋人除了法国大菜之外还有什么"热狗"一样。一九五六年秋，十月十六日，我在苏联展览馆参观完"日本商品展览会"，边走边叹，走着走着，走进西安食堂，只见一阵慌乱和兴奋。到了八十年代，不少人开始知道"泡馍"的大名，但不敢问津，觉得那玩意像是野人吃的，"不就是把馍泡到汤里吗？"不幸而言中。 六十年代，我到新街口那家馆子解馋，呀，可不是味精汤泡馍！ 气得我找来意见簿，上写"质量太差，丢陕西的人！"但正宗的"泡馍"哪里是把馍泡到汤里？"馍"其实是特制的饼，禁得住大火烩煮，但吃时不觉其硬；"汤"也非一般高汤，汤是关键，千百年来，秘密就在这汤里；"泡"实则为煮，我小时在陕西老家，称它作"羊肉煮馍"，倒也写实，天晓得怎么变成"泡"字。 现在好了，成了香饽饽，风味食品中不能少了它。 经过一番渲染和品尝，说泡馍坏话的人越来越少。 我看时机到了，展开宣传攻势，但也不能强加于人，任你眉飞色舞天花乱坠，言者凿凿而听者渺渺，人家广东人直摇头，奈何？

事隔二十三年，一九八三年秋，我和作家王蒙、崔道怡、董得理三人从延安返回西安，路上饿了，见是高陵地面，我一下子兴奋起来："羊肉泡馍！"转身，问王蒙："敢不敢吃？"王蒙说："我在新疆巴彦岱那么长时间，什么都练出来了。 是羊肉我都爱吃。"我们在小镇的一家羊肉馆子坐定，连同司机一共五人，挤在三条一拃宽的长板凳上。设备太简陋，杯盘不齐全，不承想吃出真正的陕西味来。 老崔大汗淋漓，辣椒之故也。 他能吃辣子，可是在陕西辣子面前败下阵来。 王蒙是首次在陕西吃泡馍，印象极佳，却在满满一大碗将尽之时扒拉着碗底突然惊叫起来："什么什么？ 这是什么？"一块似肉非肉的东西出现在碗底，我伸头细看，原来是只蛐蛐，顿觉脸上无光。 王蒙不愧大作家，有涵养，什么也没说，仰头哈哈大笑。 老崔借机罢吃，正好为残留不多的香辣香辣的不可忍受的碗底解了围。

约两年后,我将此事写成文章在《西安晚报》上发表。 事有凑巧,次年三月,我和作家周明、肖德生也是从延安返回西安,也是在快到西安的一家饭馆吃泡馍。 见我们来自北京,一位当地看客近前搭话,撇嘴言道:"哼,你们北京人啦,写文章说在我们馆子吃出个蛐蛐!"周明闻言大笑不止,一把将我拉住,狠狠地在我背上捶了一拳,用浓重的秦腔指着我说:"就是这狗日的写的!"

一九八五年十二月二十一日,全国文学报刊工作座谈会在西安举行,各省市都有代表参加。 我极力怂恿大会招待一次泡馍,不料,《延河》《小说评论》和《长安》等编辑部早有安排。 一日中午,几十位南北美食家朋友在钟楼脚下"同盛祥"楼上坐定。 我从掰馍开始说到这种吃法的乐趣,又从好吃说到周天子如何用"羊羹"大宴宾客。 据说周朝的"羊羹"就是今天的"羊肉泡馍",几千年的历史! 如此说来,想必汉武帝、司马迁、唐太宗、李白、杜甫、小李白李贺、小杜甫杜牧、避难来西安的慈禧太后、为西安易俗社题写"古调独弹"的鲁迅以及"双十二事变"华清池饱受惊吓的蒋介石衮衮列位都吃过或者听说过"泡馍"了? 查无实据。

我猜想,羊肉泡不一定是陕西人的发明,也许是风餐露宿于西域、北国、大漠、黄土高原上的征战者慌乱时迫不及待的产物。 据说陕人(以至西北人)喜食的"锅盔",它的前身,就是兵士们急中生智以头盔当铁锅烙出来的"死面饼饼"。 凭着这满口禁嚼酷似压缩饼干的死面饼子转化的热能,大西北的"愣娃"小伙子长出一身刀枪不惧的黑疙瘩,忍饥耐寒,昏天黑地,其声如大吼秦腔,其势如捶打腰鼓,拼命地奔跑和厮杀。 既然有了现成的锅盔馍,那么,杀牛宰羊,炖一锅汤,同样是急中生智，把锅盔掰碎扔进去煮泡，咕嘟嘟地冒热气，然后起锅，你一碗、我一碗，大碗冒尖，危如累卵，味道好极了，何等的省事！我国最早的羊肉泡馍（饼）就这样诞生了，中国第一碗"泡馍"可不就是"把馍泡到汤里"？

窗外不断传来秦腔的怒吼，那是跟京剧、越剧、黄梅戏全然不同的风味腔调，四座恐难找到知音，然而，泡馍吃得津津有味。我开始在记忆中搜索。当年享有盛名的"一间楼"好像离此不远，鼓楼不过一箭之遇，由穆斯林孙氏三兄弟于整整百年前的一八九八年兴办的被誉为"三秦第一碗"的"老孙家"，应在钟楼以东的东大街，但都消失在红火的过去，可是这块黄金地段、黄金时期挡不住的羊鲜扑鼻的诱惑却远胜今时。此刻席上，诸公交口称道，连最顽固的几个南方客也表示愿意接受，说"作为大众饭食，物美价廉，佩服！佩服！"显然，他们从普及"俗文学"的角度有限度地肯定"羊肉泡"的实用价值，其实，西安也有与大众化的羊肉泡大异其趣的宫廷菜肴"雅文学"——"唐馔"。唐馔复如何？只有留待来日。

近些年来，我们家乡礼泉县——唐太宗"昭陵"所在地的羊肉泡出了名，后来中国北方数省文学青年作家会议的代表去乾陵参观路过我的家乡，但愿一识泡馍真面。不少朋友后来告诉我，回族人马明义兄弟的手艺如何之高，"吃马明义"成了醴泉人美餐一顿的代名词。如今，马明义兄弟分店经营，顾客趋之若鹜，高朋满座。一年，我回县，也去凑热闹，进了马茂义、马秀贞的夫妻店，果然名不虚传。然而，吃泡馍就是吃文化，贵在内涵和氛围，我依然怀念当年的"一间楼""老孙家"。

一九九一年三月，再回西安，画家罗国士夫妇设宴，吃泡馍，意欲何往？说你去就知道了。室内布置奇特，伊斯兰味十足，余香满口，过足了馋瘾。索墨，上书四个大字："西安一绝"。门面重开，招牌高挂，闻香下马，"老孙家"在此！

一九九五年继"同盛祥"在北京饭店对过开张之后，"老孙家"也来北京。开始肉鲜汤浓，声名大噪，创开牌子以后，萝卜快了不洗泥，陕人胃口大伤。一九九八年一月的一天，我冒着六级大风跑进民族饭店后面敞亮的"北京老孙家饭庄"。热乎乎的泡馍不料清汤寡味，馍粒既生且硬，用力咀嚼之中不意撕拉出一根长长的头发，心里说不出的懊丧，情绪陡然降至零点，心想：还不知有多少根什么人的油腻腻的青丝囫囵地咽下自己的食管。步出饭庄大门，颇有奋力挣脱之感，"鲤鱼脱去金钩钩，摇头摆尾再不来"。

告别恶心的羊肉泡，顶着刺骨的西北风在长安街上赶路。20 点零 5 分以前务必赶回方庄小区，生气事小，不要误了风靡京城、有滋有味的 43 集电视连续剧《水浒传》第 29 集——醉打蒋门神。

正月十五流水抄

潘向黎

正月初五。所谓过年，只剩了吃吃睡睡。自然不是说吃吃睡睡不好，平日不得安宁的人还求之不得呢。也不是说前人就不"吃吃睡睡"了，我手上的书里就有证据。

"河蟹至十月与稻粱俱肥……余与友人兄弟辈立蟹会，期于午后至，煮蟹食之，人六只，恐冷腥，迭番煮之。从以肥腊鸭，牛乳酪。醉蚶如琥珀，以鸭汁煮白菜如玉版。果瓜以谢橘、以风柔、以风菱。饮以玉壶冰，蔬以兵坑笋，饭以新余杭白，漱以兰雪茶。由今思之，真如天厨仙供，酒醉饭饱，惭愧惭愧。"

这样一场豪吃，真是淋漓痛快，千古后读之犹香鲜满颊。人家有口福，人家也配，他是行家！

再看"睡"。"余设凉簟，卧舟中看月，小傒船头唱曲，醉梦相杂，声声渐远，月亦渐淡，嗒然睡去。歌终忽寤，含糊赞之，寻复鼾齁。小傒亦呵欠歪斜，互相枕藉。舟子回船到岸，篱啄丁丁，促起就寝。此时胸中浩浩落落，并无芥蒂，一枕黑甜，高春始起，不晓世间何物谓之忧愁。"这在庞公池。

还有——"月色苍凉，东方将白，客方散去。吾辈纵舟，酣睡于十里荷花之中，香气怡人，清梦甚惬。"

这一场荷香入梦的睡，地点是西湖，季节是七月半。主人公是张岱，明代的一位博学而有趣的人。

再呆再蠢的人也可以发现，在人家的吃吃睡睡里，有一种风雅，一种境界，而我们今日徒有吃吃睡睡的形体，元神已失，全无韵味了。简直有猪的呆相，思之令人沮丧。

过年过成这样，自然不很舒畅。幸而出了个好太阳，于是穿上旧棉袄，搬了张小木凳，到花园里背阳朝影坐了，看书。或者说以看书的姿势晒太阳。看一本新出的散文集。原是信手翻翻的，后记里有几句话让我决定读它，写的是："感谢前妻，她给了我一个孩子。这不幸婚姻中最可珍贵的纪念。谢谢！感谢未来之妻，她除了没给我孩子，什么都给我了。"觉得这是个心地柔软而可以信任的人在说话。太多的文章让人觉得假，有的硬如水泥块，有的软如泥浆水，但都不是天然的，都让人需要忍受。

这本书没有让我失望。在214页，他写道："瓷器中豆绿与美人霁都极纯粹，像一位古代文人的思想和生活。这样的纯粹，无论是瓷是人,都不复出矣。"我认为这好像是我的看法,但我说过么? 下一页又有一句:"他想到了一些词,一些词语,像暗夜中怅然地走着,一拐弯的时候遭遇到梨花。"这就不是我会用的比喻了,词语对于我,更像一盏温茶,从指尖到心房传递一些默默的安慰,没有那么戏剧化,那么灿烂。 这时我想起他是位诗人,我曾编过他的诗。

因为书里提到了"梅花笺""薛涛笺",还有帖,忽然想写毛笔。到妹妹房内,让她找齐了笔、墨、纸、砚,墨不用研,用现成的曹素功墨汁,黑得沉着,也匀净。 字本不可救药,也不思进取,不愿学帖,就顺手抽出张岱的《陶庵梦忆》,挑几段顺眼的,抄书。 先抄了《品山堂鱼宕》中"新雨过,收叶上荷珠煮酒,香扑烈",又抄《天镜园》中"高槐深竹,樾暗千层,必对兰荡,一泓漾之,水木明瑟,鱼鸟藻荇,类若乘空。 余读书其中,扑面临头,受用一绿,幽窗开卷,字俱碧鲜。"那样的去处读书,谁不肯读一辈子? 连字都映上鲜艳水灵的绿色,怕是写实,不是想象。 我只能用纸笔过瘾。

字写大字,一口气写了几大张。 然后喝茶一杯。 妹妹在旁边做针线,她买了一条白浴巾,是处理品,两头没有边,毛着,她正用线自己缝边。 如果是正品,这样一条纯棉浴巾大概有30多块,现在她才用了9块。 她很满意,便拿出往火星溅出洞的孔雀裘上织补的认真,用绿色的线细细地仿机器锁边的样子缝好了边。 绿白相衬,照眼鲜亮,比寻常的素色浴巾好看许多。 这些地方,妹妹似乎比我女性味儿多一些。 她可以不想整个现实,不想20年后,她相信有人会承担,天塌了也不该她顶着,她能细心玩味一些细枝末节并且从流沙中不断发现金末。 我总盼望一整块纯金,结果我差点让沙给埋了,手中没有沾一点金末。

在她专心致志用绿线缝边，我半心半意用不成章法的大字抄书时，阳光洒在我们身上，一视同仁。如果有人从窗前过（当然不可能，妹妹的窗外是墙，只有几枝蜡梅可以偷窥），他会认为是一个宁静的画面吗？她会生出几分羡慕甚至妒忌吗？我们看上去都很安宁，不知忧愁，而且，离老还有一段距离，我俩差七岁，我还有七年才正式开始老，她还有14年。等我们先后到达老年的驿站，我们会各自记得这个午后吗？

妹妹说："如果马上就是世界末日，我要离开家，一个人过日子。"我想，都末日了，还过什么日子？不过，也许因为一个女孩子无辜的念心，末日也可以延期的，谁知道呢。像《天使之城》中的那个下凡的天使，对着同伴说："不，不，回去告诉他们，时间还没到，以后再来接我。"妹妹是天使，我们家的，我的。

如果马上就是世界末日，我会做什么？我不能说。人的愿望不可能都实现，即使在末日前。但我想我会哭，为了和可爱的生命的分手。"生亦何趣，死亦何惧"，这是一句很惨很透彻的话。作一下反证，说明我活得还不坏，因为我还如此眷恋着生命本身，充满好奇，时常敬畏。我觉得我的生命不等于我。"我"是这个身高167厘米、体重54公斤、生于闽地、长于上海、以文字为职业的女子，我有乌发、明眸，但无皓齿（只有蛀牙），有脾气，无才气，有问，无学，有心，无力，爱甜食，恶甲鱼、蛇、穿山甲等"上等级"的菜……"我的生命"大于这些，她自有神秘的来历，有因果，有天父的成全和祝福，还有专为她而预备的愁苦、忧伤、爱情、亲情和绝望……"我的生命"不用听

"我"的，那是谁也做主不得的，包括父母，包括"我"。"我"有太多缺陷、毛病、阴暗，"我的生命"却完美，"我"像一潭水，免不了有污泥作底，而"我的生命"却从中吸取养分，亭亭净植，是一支纯洁的莲花。

一边胡思乱想，一边"手不释卷"，忽然"咦"了一声，在《西湖梦寻·卷三》中看到了苏轼的诗，和印象中的不一样。就是那首《六月二十七日望湖楼醉书》，我原先背的是：

> 黑云翻墨未遮山，
> 白雨跳珠乱入船。
> 卷地风来忽吹散，
> 望湖楼下水如天。
> 放生鱼鳖逐人来，
> 无主荷花到处开。
> 水枕能令山俯仰，
> 风船解与月裴回。

西湖是我喜欢的地方，苏东坡是我最热爱的文人，他那双眼睛中的西湖令我迷醉。但比起那首"欲把西湖比西子，浓妆淡抹总相宜"来，我喜欢这首。前者太出名，被套俗了，背油了。我自信我没记错。

但是这儿，《西湖中路·秦楼》中明明写作苏轼《水明楼》诗，标题不一样，怎么楼名也不一样？想是改过名字了，或在原址重建后另

起的名字。诗的正文除了那八句(个别字有出入,想是版本不同所致),还有以下四句:

> 未成小隐聊中隐,
> 可得长闲胜暂闲。
> 我本无家更安往,
> 故乡无此好湖山。

这首诗变长了,而且我喜欢这四句,那种洒脱、通透之美,属于这一个苏东坡而不是别人。回头读正文,不禁失笑。"壁上有三诗,为坡公手迹",原来是三首诗,原先我背的那是其一、其二,现在又见到了其三。可笑我以为这是一首,有人多抄了几句或漏了几句呢。

闲过淡年淡读书,可得暂闲亦欣然。这是我的心情。我太俗,也太年轻了,终究有执着,有不能开悟的。

不用电脑,用手写了这些话,算与纸笔片刻相亲,打发了今天,春节也就远了,所谓"过年"也就差不多了。年有什么好过的,在与时光的对抗中,人明明节节败退,还放炮喝酒地高兴,不是装的就是瞎胡闹,明摆着的。

苏东坡在一个正月里郊游,写了一首诗,很美,但仍透着强颜欢笑——

> 东风未肯入东门,
> 走马还寻去岁村。

人似秋鸿来有信，
事如春梦了无痕。
江城白酒三杯酽，
野老苍颜一笑温。
已约年年为此会，
故人不用赋招魂。

生命的烛节节缩短，敏感的人赞美着明亮的火苗与温热的兰烬，喉头噎满了伤痛。

第五辑

一滴水能活多久

一滴水能活多久

迟子建

　　这滴水诞生于凌晨的一场大雾。人们称它为露珠，而她只把它当作一滴水来看待，它的的确确就是一滴水。最初发现它的人是一个七八岁的小女孩。她不是在玫瑰园中发现它的，而是为了放一只羊去草地在一片草茎的叶脉上发现的。那时雾已散去，阳光在透明的空气中飞舞。她低头的一瞬间发现了那滴水。它饱满充盈，比珠子还要圆润。阳光将它照得肌肤发亮，她在敛声屏气中盯着这滴水看的时候，不由发现了一只黑黑的眼睛。她的眼睛被水珠吸走了，这使她很惊讶。我有三只眼睛，两只在脸上，一只在草叶上，她这样对自己说。然而就在这时候，她突然打了一个喷嚏，那柔软的叶脉随之一抖，那滴水骨碌一下便滑落了。 她的第三只眼睛也随之消失。 她便蹲下身子寻找那滴水,她太难过了,因为在此之前她从未发现过如此美的事物。 然而那滴水却是难以寻觅了。 它去了哪里? 它死了吗?

　　后来她发现那滴水去了泥土里,从此她便对泥土怀着深深的敬意。人们在那片草地上开了荒,种上了稻谷。 当沉沉甸甸的粮食蜕去了糠皮在她的指间矜持地散发出成熟的微笑时,她确信她看见了那滴水。那滴水滋养了金灿灿的稻谷,她在吃它们时,意识里便不停地闪现出凌晨叶脉上的那滴水。 它莹莹欲动,晶莹剔透。 她吃着一滴水培育出来的稻谷一天天地长大了。 有一个夏日的黄昏,她在蚊蚋的歌声中发现自己成了一个女人,她看见体内流出第一滴血时,确信那是几年以前那滴水在她体内作怪的结果。 她开始长高,发丝变得越来越光泽柔顺,后来她嫁给了一个种地的男人。 她喜欢他的力气,而他则依恋她的柔情呢? 她俯在男人的肩头老有说也说不尽的话,后来她明白是那滴水给予她的柔情。 不久她生下了一个孩子,她的奶水真旺啊,如果不吃那滴水孕育出的稻米,她怎么会有这么鲜浓的奶水呢? 后来她又接二连三地生孩子,渐渐地她老了。 她在下田时常常眼花,即使阴雨绵绵的天气也觉得眼前阳光飞舞。 她的子孙们却像椴树林一样茁壮地成长起来。

　　她开始抱怨那滴水,你为什么不再给予我青春、力量和柔情了呢?难道你真的死去了吗? 她步履蹒跚着走向童年时去过的那片草地,如今那里已经是一片良田,入夜时田边的水洼里蛙声阵阵。 再也不见碧绿的叶脉上那滴纯美至极的水滴了,她伤感地落泪了。 她的一滴泪水滑落到手上。 她又看见了那滴水,莹白圆润,经久不衰。 你还活着,活在我的心头！ 她惊喜地对着那滴水说。

她的牙齿渐进老化，咀嚼稻米时显得吃力了。 儿孙们跟她说话时要贴着她耳朵大声地叫，即使这样她也只是听个一知半解。 她老眼昏花，再也没有激情俯在她男人的肩头咕哝不休了。 而她的男人看上去也畏畏缩缩，终日坐在门槛前的太阳底下，漠然平静地看着脚下的泥土。 有一年的秋季她的老伴终于死了。 她嫌他比自己死得早，把她给丢下了，一滴眼泪也不肯给予他。 然而埋葬他后的一个深秋的月夜，她也不知怎的格外地想他，想念他们的青春时光。 她一个人拄着拐杖哆哆嗦嗦地来到河边，对着河水哭她的伴侣。 泪水落到河里，河水仿佛被激荡得上涨了。 她确信那滴水仍然持久地发挥着它的作用，如今那滴水幻化成泪水融入大河。 而她每天又都喝着河水，那滴水在她的周身循环着。

直到她衰老不堪，即将辞世的时候，她的意识里只有一滴水的存在。 当她处于弥留之际，儿孙们手忙脚乱地为她穿寿衣，用河水为她洗脸，她的头脑里也只有一滴水。 那滴水湿润地滚动在她的脸颊为她敲响丧钟。 她仿佛听到了叮当叮当的声音。 后来她打了一个微弱的喷嚏，安详地合上眼帘。 那滴水随之滑落在地，渗透到她辛劳一世的泥土里。 她不在了，而那滴水却在仍然活着。

她在过世后又变成了一个七八岁的小女孩子，有一天凌晨，大雾消散后她来到一片草地。 她在碧绿的青草叶脉上发现了一颗露珠，确切地说是一滴水。 她还看见了一只黑亮的眼睛在水滴里闪闪烁烁。 她相信她与一生中所感受的最美事物相逢了。

"沉默学"导言

周国平

  一个爱唠叨的理发师给马其顿王理发,问他喜欢什么发型,马其顿王答道:"沉默型"。
  我很喜欢这个故事。 素来怕听人唠叨,尤其是有学问的唠叨,遇见那些满腹才学关不住的大才子,我就不禁想起这位理发师来,并且很想效法马其顿王告诉他们,我最喜欢的学问是"沉默学"。
  无论会议上,还是闲谈中,听人文采飞扬地发表老生常谈,激情满怀地说些妇孺皆知,我就惊诧不已。 我简直还有点嫉妒:这位先生(往往是先生)的自我感觉何以这样好呢? 据说讲演术的第一秘诀是自信,一自信,就自然口若悬河滔滔不绝起来了,可是,自信总应该以自知为基础吧？ 不对，我还是太迂了。 毋宁说，天下的自信多半是盲目的，唯其盲目，才拥有那一份化腐朽为神奇的自信，敢于以创始人的口吻宣说陈词滥调，以发明家的身份公布道听途说。

可惜的是，我始终无法拥有这样的自信。 话未出口，自己就怀疑起它的价值了，于是嗫嚅欲止，字不成句，更谈何出口成章。 对于我来说，谎言重复十遍未必成为真理，真理重复十遍（无须十遍）就肯定成为废话。 人在世上，说废话本属难免，因为创新总是极稀少的。 能够把废话说得漂亮，岂不是一种才能？ 若不准说废话，人世就会沉寂如坟墓。 我知道自己的挑剔和敏感实在有悖常理，无奈改不掉，只好不改，不但不改，还要把它合理化，于自卑中求另种自信。

好在这方面不乏贤哲之言，尽可供我自勉。 古希腊最早的哲人泰勒斯就说过："多说话并不表明有才智。"人有两只耳朵，只有一张嘴，一位古罗马哲人从中揣摩出了造物主的意图：让我们多听少说。孔子主张"君子欲讷于言而敏于行"，这是众所周知的了。 明朝的李笠翁也认为：智者拙于言谈，善谈者罕是智者。 当然，沉默寡言未必是智慧的征兆，世上有的是故作深沉者或天性木讷者，我也难逃此嫌。但是，我确信其反命题是成立的：夸夸其谈者必无智慧。

曾经读到一则幽默，大意是某人参加会议，一言不发，事后，一位评论家对他说："如果你蠢，你做得很聪明；如果你聪明，你做得很蠢。"当时觉得这说得很机智，意思也是明白的：蠢人因沉默而未暴露其蠢，所以聪明；聪明人因沉默而未表现其聪明，所以蠢。 仔细琢磨，发现不然。 聪明人必须表现自己的聪明吗？ 聪明人非说话不可吗？ 聪明人一定有话可说吗？ 再也没有比听聪明人在无话可说时偏要连篇累牍地说聪明的废话更让我厌烦的了,在我眼中,此时他不但做得很蠢,而且他本人也成了天下最蠢的一个家伙。 如果我自己身不由己地被置于一种无话可说却又必须说话的场合,那真是天大的灾难,老天饶了我吧!

公平地说,那种仅仅出于表现欲而夸夸其谈的人毕竟还不失为天真。 今日之聪明人已经不满足于这无利可图的虚荣,他们要大张旗鼓地推销自己,力求卖个好价钱。 于是,我们接连看到,靠着传播媒介的起哄,平庸诗人发出摘冠诺贝尔的豪言,俗不可耐的小说跃居畅销书目的榜首,尚未开拍的电视剧先声夺人闹得天下沸沸扬扬。 在这一片叫卖声中,我常常想起甘地的话:"沉默是信奉真理人的精神训练之一。"我还想起吉辛的话:"人世一天天愈来愈吵闹,我不愿在增长着的喧嚣中加上一份,单凭了我的沉默,我也向一切人奉献了一种好处。"这两位圣者都是羞于言谈的人,看来绝非偶然。 当然,沉默者未免寂寞,那又有什么? 说到底,一切伟大的诞生都是在沉默中孕育的。 广告造就不了文豪。 哪个自爱并且爱孩子的母亲会在分娩前频频向新闻界展示她的大肚子呢?

种种热闹一时的吹嘘和喝彩,终是虚声浮名。 在万象喧嚣的背后,在一切语言消失之处,隐藏着世界的秘密。 世界无边无际,有声的世界只是其中很小一部分。 只听见语言不会倾听沉默的人是被声音堵住了耳朵的聋子。 懂得沉默的价值的人却有一双善于倾听沉默的耳朵,如同纪伯伦所说,他们"听见了寂静的唱诗班唱着世纪的歌,吟咏着空间的诗,解释着永恒的秘密"。 一个听懂了千古历史和万有存在的沉默的话语的人,他自己一定也是更懂得怎样说话的。

世有声学、语言学、音韵学、广告学、大众传播学、公共关系学等等，唯独没有沉默学。这就对了，沉默怎么能教呢？所以，仅存此"导言"一篇，"正论"则理所当然地将永远付诸缺如了。

直面死亡

阿来

为什么讨论死亡

前不久,应邀去某市签名售书,中途被一位中学校长请去,要我务必跟她的学生们见上一面。我去了。与学生们见面,谈谈科学,谈谈幻想,也是很有意思的事情。

陈校长谈到她如何对学生进行正面教育时的一些事例也很有意思。其中一件,她给学生这样假设:如果你刚刚死亡,想象你的亲人或朋友会用怎样一句话评价你?

这位有着新鲜教育思想的校长,就这样把死亡很切近地呈现于花样年华面前。对于这些学生来说，最富有的大概就是时间，大多数情况下，学生的放任与懈怠正是因为觉得来日方长。现在，这个假设使死亡之神一下站到面前，使你不得不像老人一样回首往事，对自己的一生做一个总结。结果，陈校长说，学生们写有关理想的命题作文时那种高调大多都消失了。在作文里，学生大多都是要成企业家、政治家、艺术家和科学家的，当学生们被诱导着在想象中反观自己的一生时，每个人对自己的评价变得真切实在了。有学生说：我是一个孝顺的人。有学生说，我的亲人们说，我是一个负责任的人。有学生甚至设想自己因公死亡，并希望他的同事们说，这是一个踏实的人。

这使我突然想起哲学家苏格拉底临死时的情形。他不得不饮下了统治者赐予的毒药，苏格拉底躺在朋友们面前，感到毒药马上就要进入心房了，他说出了生中一句最平实的话。他说："我还欠阿斯喀琉修斯一只公鸡，不要忘了还给他。"

朋友问他还有什么愿望，毒药已经进入了心脏，苏格拉底再也不能回答。

我在写了《生而为人》后，才决定来写这篇文章，与大家一起直面死亡。但是，我还在犹豫，是不是要在青春的波光里投射下死亡灰色的阴影。

直到在日本结识了作家洼岛诚一郎先生，才坚定了我的想法。洼岛的父亲水上勉是日本当代的著名小说家，初中语文第三册便选用了他的散文《母亲架设的桥》。在京都拜会水上勉先生，我们正在谈他的话剧《沈阳月亮》，他突然问我在长野是否见到了他的儿子洼岛诚一郎。我告诉他在长野的两天都是由洼岛先生导游的。在这两天的导游中，给我印象最深的就是这位作家创办的两家美术馆，专门陈列早夭的青年人的作品。在洼岛先生的美术馆里，没有杰作，但可以感到这些画家有朝一日可能成为大师。可是，当他们二十多岁，青春与生命刚刚展开，并在画布上寻找最最适合的展开方式时，死神降临了。就像美术馆门前的那树樱花，还未到达最盛的花期，就被一夜暴烈的风雨无情蹂躏了。

在长野车站道别的时候，洼岛说：请径直走吧，我不习惯告别。

我停下来，问他：为什么要建筑这样的美术馆？

惯于沉默的他，沉思良久，说：也许只有死亡才能展示生命的价值，生命中天赋才华的价值。

说完这句话，他便转身离去，高大的身体有些佝偻，多少年了，他就这样行走在日本列岛，寻访那些未及展开才华与生命的全部美丽便早死的艺术家的遗作与事迹。坐在时速二百多公里的现代化火车里，我又想起了这篇文章，并且再次确认：要认知生命的价值就应该直面死亡。

科学使什么都改变，包括死亡。

当我们要认知死亡时，第一个问题便是给这个词语一个明确的定义。在文学作品中，在电影里，死亡出现得各式各样。烛光照耀，一个人脸色苍白而安详，家人与亲友们围满了床前，有谁发出了隐忍的啜泣。深陷在白色枕头中的人发出最后一声叹息，好像满足，又好像有些遗憾。烛光摇动，一丝笑容浮出并且凝固。是的，这是生命寿终正寝时的应有场景。死亡令人悲伤，但是，我在想象自己的死亡时，会自动选择这样的场景，因为这其中包含着很多的美感。

但是今天的死亡早已不是这样。

一位医生对我说，现在一个垂亡的老人不可能那样平静地与世界与亲人清醒地告别了。现在一个垂死的人往往是在昏迷状态下辞别人世的。鼻子、静脉、嘴巴都插上了各种管子。有时，身体上的一些部位被切开，再插上一些管子。生命就这样在现代科学的支持下又延长了一些时候，但是，很多生命是在昏睡，或者是在充满痛苦的条件下被延长的。也就是说，病人失去了对于生命的自主能力。

所以出现这种状况，是因为现代科学正在使死亡的定义发生变化。在古代或一个较为原始的民族那里，死亡是相对简单的，每一个人都可以判定另一个生命是否已经走向了终结。而在现代社会里，死亡变得复杂了。也许我们可以感受到一个生命如何在一个躯体中萎顿，直至终止。但从法律上讲，你无权判定并宣布这个人的死亡。在这个事事都正标准化的社会里，死亡也需要特别的定义。

一般而言，一项完备的法律中，有来自医学界的关于死亡的精确定义：所有生命机能的永远停止，这就是死亡。也就是说，人的某些机能的失去，可以理解为一个生命的部分死亡。比如，失去双腿，是行走的死亡，失去眼睛，是观察的死亡。

真正的死亡在医学上是特指两种现象：大脑功能、血液循环系统和呼吸系统自发功能的停止。是的，这就是真正的死亡。这个死亡是一个平常人无权鉴别的。这要医生来严肃地宣布。但是，最高明的医生有时也会面临一些看来简单，细想起来却是有些棘手的问题。一些正在改变生命定义的问题。

比如，一个人的心脏一旦停跳，血液循环便会终止，因为失去了动力，肺部也停止工作，呼吸系统也随之停止工作，大脑因为缺血与缺氧而窒息。 这个人便完全死亡了。 但医学技术的进步，可以给心脏安个用干电池作为动力的起搏器，使疲惫的心脏像"一只水泵"样恢复工作。 一旦电池耗尽，就必须另一次手术，来更换只电池，否则，这个生命系统便会停止运转。 于是，一个疑问便产生了，这个因了一个起搏器而延续的生命，算是一个人工的生命，还是一个自然的生命？ 那么这个人工的生命，与未来社会中可能出现的高度智能化的仿生机器人有什么本质的区别呢？ 与我们这些自然生命又有着什么样的分别？

  我们都知道双肾是人体中对毒素的过滤器，双肾功能衰竭的人，会很快被自体中的毒素杀死。 现代医学的器官移植术，可以把另一个人体内的肾脏移植来，以此延续生命。 这其实是中止了一个机体的自然过程，用人工的方式来使个体的存在时间得以延长。 还有人移植了另一个人的手，当这只手向我伸过来，我会想到另一个生命。 更何况，由于基因技术的发展，在不久的将来，一只猪身上可能长出一颗适宜移植到人体的心脏。 前一段时间比较引人注目的科技新闻中，有一条就是在只老鼠身上长出了一只人的耳朵。 这张照片曾经在媒体上广为传播。

  用更长远的眼光看，因为科学技术的进步，人体会变成一台机器，身上的任何一个器官都可以像机器部件样随时更换。 那时的人会遇到一个难题，那就是以一个什么样的标准来判定人的死亡。 是全部器官都已经更换了一遍、两遍还是三遍。 或者说那时就像消灭了某些疾病一样消除了死亡。 死亡太多是一件恐怖的事情，死亡的消失则更为可怕。 生命的规律就是由死亡给新生腾出空间，换句话说，没有死亡便没有新生。人人都不愿死亡,惧怕死亡,也便杜绝了新生命诞生的权利。所以,我们说,是科学教会了我们正视死亡,同时,也迫使我们以更严肃的方式思考死亡对于世界的意义。

面对生命:医生的两难选择

人性中有善恶正邪,生活中便有对生命个体的褒扬惩戒。最严厉的惩罚就是死刑。人性本身的复杂性使得人类一方面拼命研究延长生命的方式,一方面又用强行结束一小部分人生命的方式来保障整个群体的利益。我看过一本书,便总结出了四十多种处死人的方法。

总体说来,随着文明的进展,死刑的执行是从公开血腥变得隐秘与较少痛苦。最新的一种方式是注射致死。这种死刑不再像过去的死刑一样,由专门的刽子手拿起屠刀或绞索,而是由具有医学知识与技能的人像注射抗生素一样,给临刑的人注射致命的毒药。这成为医学界面临的一个悖论。

第一个注射死刑于1982年由善于创造的美国人首先在得克萨斯州施行。

被执行者叫查理·布鲁克斯,他在试图偷汽车时杀死了一名修理工。他的死亡时间为七分钟。一位现场目击者为这七分钟留下了一段记录:"一种化学液体通过针管流入了犯人的体内。当透明的液体流进他的身体时,他一直大睁着眼睛,目光充满了紧张。突然,他开始紧张,透不过气来。尽管被皮带捆绑着,他的右臂剧烈抖动。随后,他打了一个大呵欠,闭上眼睛,又困难地喘息了约15秒,最后,一切都停止了。"这种死刑要求专业人员的积极参与,于是,医生便被推向了前台来充任刽子手或刽子手助手的角色。

在另一种情况下，医生面对着死亡时，那种境况也相当微妙。那就是安乐死的问题。医生的使命从古至今至将来都是救死扶伤，但是，有些时候，被医疗技术维持着生命形式的绝症病人，其实是在极度的痛苦中苟延残喘，这时生命延长其实是延长了生命中不能承受之痛，而不是生命的美丽。于是，有很多病人便要求结束自己的生命。这时，就需要医生出来帮忙了。这样，也就对医疗这个行业的古老定义发生了巨大的挑战。正因为如此，全世界只有极少数的国家开始施行安乐死。

是的，人有生存权，但是人也许真的应该有选择死亡的权利。

人选择死亡是为了使生命更完美，更具尊严，而不是为了选择更多无谓的痛苦。

人畜共居的村庄

刘亮程

有时想想，在黄沙梁做一头驴，也是不错的。只要不年纪轻轻就被人宰掉，拉拉车，吃吃草，亢奋时叫两声，平常的时候就沉默，心怀驴胎，想想眼前嘴前的事儿。只要不懒，一辈子也挨不了几鞭。况且现在机器多了，驴活得比人悠闲，整日在村里村外溜达，调情撒欢。不过，闲得没事对一头驴来说是最最危险的事。好在做了驴就不想这些了，活一日乐一日，这句人话，用在驴身上才再合适不过。

做一条小虫呢，在黄沙梁的春花秋草间，无忧无虑把自己短暂快乐的一生挥霍完。虽然只看见漫长岁月悠悠人世间某一年的光景，却也无憾。许多年头都是一样的，麦子青了黄，黄了青，变化的仅仅是人的心境。

做一条狗呢？

或者做一棵树，长在村前村后都没关系，只要不开花，不是长得很直，便不会挨斧头。一年一年地活着。叶落归根，一层又一层，最后埋在自己一生的落叶里，死和活都是一番境界。

如此看来，在黄沙梁做一个人，倒是件极普通平凡的事。大不必因为你是人就趾高气扬，是狗就垂头丧气。在黄沙梁，每个人都是名人，每个人都默默无闻。每个牲口也一样，就这么小小的一个村庄，谁还能不认识谁呢。谁和谁多少不发生点关系，人也罢牲口也罢。

你敢说张三家的狗不认识你李四。它只叫不上你的名字——它的叫声中有一句可能就是叫你的，只是你听不懂。也从不想去弄懂一头驴子，见面更懒得抬头打招呼，可那驴却一直惦记着你，那年它在你家地头吃草，挨过你一锨。好狠毒的一锨，你硬是让这头爱面子的驴死后不能留一张完整的好皮。这么多年它一直在瞅机会给你一蹄子呢。还有路边泥塘中的那两头猪，一上午哼哼叽叽，你敢保证它们不是在议论你们家的事。猪夜夜卧在窗根，你家啥事它不清楚。

对于黄沙梁，其实你不比一只盘旋其上的鹰看得全面，也不会比一匹老马更熟悉它的路。人和牲畜相处几千年，竟没找到一种共同语言，有朝一日坐下来好好谈谈。想必牲口肯定有许多话要对人说，尤其人之间的是是非非，牲口肯定比人看得清楚。而人，除了要告诉牲口"你必须顺从"外，肯定再不愿与牲口多说半句。

人畜共居在一个小村庄里，人出生时牲口也出世，傍晚人回家牲口也归圈。弯曲的黄土路上，不是人跟着牲口走便是牲口跟着人走。

人踩起的尘土落在牲口身上。

牲口踩起的尘土落在人身上。

家和牲口棚是一样的土房，墙连墙窗挨窗。人忙急了会不小心钻进牲口棚，牲口也会偶尔装糊涂走进人的居室。看上去你们似亲戚如邻居，却又根本不是那么回事，日子久了难免把你们认成一种动物。

比如你的腰上总有股用不完的牛劲；你走路的架势像头公牛，腿叉得很开，走路一摇三摆；你的嗓音中常出现狗叫鸡鸣；别人叫你"瘦狗"是因为你确实不像瘦马瘦骡子；多少年来你用半匹马的力气和女人生活和爱情。你的女人，是只老鸟了还那样依人。

数年前的一个冬天，你觉得一匹马在某个黑暗角落盯你。你有点怕，它做了一辈子牲口，是不是后悔了，开始揣摩人。那时你的孤独和无助确实被一匹马看见了。周围的人，却总以为你是快乐的，像一只无忧无虑的夏虫，一头乐不知死的驴子、猪……

其实这些活物，都是从人的灵魂里跑出来的。上帝没让它们走远，永远和人待在一起，让人从这些动物身上看清自己。

而人的灵魂中，其实还有一大群惊世的巨兽被禁锢着，如藏龙如伏虎。它们从未像狗一样咬脱锁链，跑出人的心宅肺院。偶尔跑出来，也会被人当疯狗打了，消灭了。

在人心中活着的，必是些巨蟒大禽。

在人身边活下来的，却只有这群温顺之物了。

人把它们叫牲口，不知道它们把人叫啥。

人间有味是清欢

楚楚

我要几瓣落花为香茗
我要一朵百合做杯盏
我要唐诗里那只红泥小炭炉
我要入深山拾一裙松针燃火
再钓一壶人迹未至幽谷中的——晨露

还要三分易安的婉约、三分稼轩的豪放、三分老庄的淡泊，一段放浪于形骸之外的板桥心情，凑成十分的惬意之后，且来品茶。

矿泉水太浅淡，果汁太甜腻，咖啡太香浓。唯有茶若有若无的幽香，是深藏不露的，是恬淡隽永的。那种玄奥的喉韵与舌感，好像低音号或萨克斯管，微微在胸腔中流动，有着玄远而沉实的魅力。

传说菩提达摩在少林寺面壁九年时，求悟心切，夜不合眼。由于过度疲倦，沉重的眼皮撑不开，他毅然把眼皮撕下来，扔在地上，地上立刻长出一株矮树，叶形如眼，边缘锯齿如睫。弟子困顿，便采一叶咀嚼，顿时精神百倍。这便是茶的来源。

绿茶是淡雅的，须得淡雅的喝法才能品出它的真味。红茶是深沉的，应该浅斟慢啜，才能渐悟其中一点一滴的蕴蓄。

碧螺春于淡泊中有幽远的神韵。

荔枝红汁浓如血，是红尘中的凡思。

茉莉香片只能是十六岁少女初恋的芳醇。

乌龙茶以色泽美傲同侪，金黄里带点蜜绿，是其他茶所不及的。普洱茶纯粹是粤港茶楼的情调，人情味浓，又不喧闹恣肆。

铁观音自有它的历史感，好像绕了一大圈时空之后才入人腹中，是一种在沧桑中冶炼过的从容风味。

明前毛尖最言情，先是清香温热，继而粘口滑润，最后缠绵于心。骤然入口，仿如伸进一个香软而温润的小舌尖，让人有销魂的迷惘。

据说，还有一种松子茶，烹茶时加入几粒松子，会浮出淡淡油脂，松香氤氲，使一壶茶顿时生了灵气，有高山流水，云雾缭绕之势。

好茶、好水、好火，还要有好品位、好境界来消受，否则便是暴殄天物了。日本茶道鼻祖绍鸥曾经说过一句很动人的话："放茶具的手，要有和爱人分离的心情。"这种心情在茶道里叫"残心"。就是在品茶的行为上应绵绵密密，即使简单如放茶具的动作，也要有深沉的心思与情感，才算是懂茶的人。

不过，不识茶道也无妨。道可道，非常道，最高深玄奥的道行往往就在平常心里。日本茶道大师千利休的一首诗深获我心："先把水烧开／再加进茶叶／然后用适当的方式喝下去／那就是你所需要知道的一切／除此之外茶一无所有。"什么都没说，又什么都说了。

茶的最高境界就是一种简单的动作，虽然含有许多知识学问，但在喝的动作上，它却还原到非常单纯的风格，超越了知识与学问。茶道不是一成不变的，随各人的个性与喜好，用自己"适当的方式"才是茶的本质与精神。

中国人不叫"茶道"，叫"茶艺"，因而使饮茶成为中国的一种大众文化，可以不辨品类、不溯渊源、不论技巧。

私下以为喝茶的境界可分六个层次：

最坏的饮茶是车水马龙、众声喧哗、道人短长；

其次是九嘴十舌、喋喋不休、废话连篇；

未好的是五言八句、高谈阔论、言不及义；

较好的是两语三言、大音稀声、茶逢知己；

最好的是两人相对、不置一词、心有灵犀；

最佳境界是遁入冷肃的冬夜，坐在自己影子的边缘，一小杯在手，独自品茗，有一口或者无一口，想什么或者不想什么，等待着或者不等待着，悠然自得，渐渐就超越了时空。或香茗一盅，单邀庄子；或清茶两盏，请来东坡，清论高谈。茶至三泡，已是三人对坐，劳冰心传译，和泰戈尔聊一聊《吉檀迦利》和《园丁集》。

倏忽四更，谈兴犹浓，若枕边尚有一本《苦茶随笔》未曾掩卷，则周作人就是谈笑风生的密友。这时才算接近了陆羽的《茶经》、黄儒的《品茶要录》、宋徽宗的《大观茶论》中"致情达和"的境界，才算是初初领略了茶中雅趣，也便有了八分茶意了。

再点一支香，茶禅一味，清一清尘污俗垢的心，暂去尘世之念，暂了虚妄之心，暂生出尘之想，进入神思所能触摸的最阳刚与最阴柔的空间。而手中的那杯茶早已饮尽，空杯在握，还能感觉到茶在杯中的热度，丝丝缕缕渗入心底。茶香、檀香、心香糅成一片，而人已浮在香气之上，这时候超越了"雅趣"的境界已是醉茶了。觉得世上万物无不可以饮：山可以饮、风可以饮、夜色可以饮、心情可以饮，万物是茶叶、感觉是水、境界是茶香。

酒属感性，茶属知性。

酒是诗，茶近乎哲学。

酒是越醉越糊涂，茶是越醉越清醒。

只有这种清醒才能够使我们品评苏轼"人间有味是清欢"的精神境界。

何谓"清欢"？

静品一盏茶，感觉比参加一席喧闹的晚宴更有情趣，是清欢；咀嚼一颗青橄榄，吮吸一朵花尾部的清甜，是清欢；放一只误入居室的蝴蝶回家，是清欢；拾落花枯叶自制圣诞贺卡，感觉比精品屋千人一式的贺卡更有人情味，是清欢；戴一串野果，或一串原木项链，认为比金银珠宝更有品位，也是清欢。

清欢之所以好，是它不讲求物质条件，只讲究心灵品位。它的境界很高，既不是"人生得意须尽欢，莫使金樽空对月"的恣情率性；也不是"人生在世不称意，明朝散发弄扁舟"的自我放逐；更不同于"今宵酒醒何处，杨柳岸晓风残月"的悲观沉沦。

清欢不是一个名词或形容词，它是动词，配合行动才能体现，正如人们可以告诉我们喝茶的方法、技巧、思想，但别人不能代替我们感觉与品尝。是甜是苦、是冷是暖、是清是浊，全在自己心中。

遗憾的是我们清淡的欢愉已日渐失去，追求清欢的心也愈来愈淡薄了。五官要清欢，总遭遇油腻、噪音、污染；心情要清欢，找不到可供散步的绿野田园；有时想找三五知己去饮一盅热茶，可惜心情也有了，朋友也有了，只是有茶的地方，总在都市中心，人声最嘈杂的所在。连假日里走在街上，都很难不碰到人身上。清欢已被拥挤出尘世，人间也就越来越无味，越来越逼人以浊为欢，以清为苦，而忘失生命清明的滋味。

花会谢是我知道的事，人爱美是我知道的事，但在居室开满绢花、纸花、塑料花，在身上堆满假珠宝假首饰，则是我不能理解的事。

不理解就不理解吧。

清朝大画家盛大士在《鸡山卧游录》中写道：

"凡人多熟一分世故，即多一分机智；多一分机智，即少一分高雅。"

容我少一分这样的机智，多一分如此的高雅。

容我在清欢里体会人间有味。

容我细品人生之茶，且自在亦如——一壶冰心！

随谈

范小青

　　散文与小说有区别吗？想起来应该是有的，要不人们怎么指着我说你是写小说的，指着他说你是写散文的，要不人们怎么指着这一篇文章说，这是散文，指着那篇文章说，那是小说，总该是有些什么不同罢。

　　有什么不同呢，想来想去，却是想不清楚，一个人他很想说些什么，对别人说，或者对自己说，也或者，对上帝说，这些东西不是直接从他嘴里出来，而是变成文字，这就是文章了，于是大家知道文章少不得一个"我"字，那么，是否可以说，散文是直接的"我"，小说是间接的"我"呢？大概不能，也有的小说直接写"我"，也有的散文根本不写"我",直接的"我"与间接的"我",这不是区别。

以我自己的一些体验,我写小说,多半不写自己的生活,我写别人的生活,一些人从我的小说中读出些许无奈情绪。我不能否认这无奈情绪也是我自己的情绪,在我写的为数不多的散文中,我却很少表现出这种情绪,我写散文写得俏皮滑头,说好听些我是写得很有些潇洒呢。于是我想,是不是可以这么说,散文是这一面的我,而小说是另一面的我? 大概也不能这么说,我也有些小说写得好潇洒,我也有些散文写得好沉重,这,也不是区别。

人的情绪常常波动,写小说时候的情绪和写散文时的情绪也许并不一样,我想,能不能说,小说是此一时的我,而散文则是彼一时的我呢? 这样说似乎也没有什么道理。

这也不可能。 那也没道理,到底该怎么来说说散文和小说的不同呢,我想了又想,却想出许多的相同来。

心境,散文是一种心境,小说也是一种心境。

状态,散文是一种状态,小说也是一种状态。

情绪,散文是一种情绪,小说也是一种情绪。

进程,散文是一种进程,小说也是一种进程。

休息,散文是一种休息,小说也是一种休息。

写散文有多少酸甜苦辣,写小说也有多少酸甜苦辣。

写散文倾注多少心血生命,写小说也倾注多少心血与生命。

散文是你精神生活中不可少的一部分,小说也是你精神生活中不可少的一部分。

写散文的人孤独,写小说的人也孤独。

散文是好书，小说也是好书。

散文是人生，小说也是人生。

有许多散文体的小说，也有许多小说形式的散文。

还有什么？　还有很多很多。

这难道在说散文就是小说？

应该不是。

我现在所能想到的区别，是两个字，那就是：故事。

好小说似乎应该有一个好故事。

那么，好散文呢？

我不倾诉

蒋韵

我从来不讲有关"爱情"的故事。因为我讲不好。我也很不习惯当众诉说什么。我是一个自闭的人。我看守着自己的嘴巴就像一个富裕中农看守着他的老婆孩子热炕头一样谨慎。嘴巴是我的家园的大门。

也许这使我在"世纪末"的喧嚣中显得落落寡合和保守。我不觉得这有什么不好。我倒是觉得这世界诉说的人太多太多了。喊喊喳喳的。大家都害怕没有听众地活在世上。大家追逐听众就像夸父逐日一样坚韧悲壮。当喊喊喳喳诉说的声音铺天盖地淹没世界的时候,还会有一个真的听众存在吗?一个没有听众的世界,我想这是一件非常恐怖的事。

　　安安静静的，做一个听众，这是我喜欢也是力所能及的事。 听一切声音，世界的、人类的、自然的、心灵的，一切自由坦荡、新鲜生动的声音，河流一样远远而来，远远而去。 这情景使我向往和感动。

　　河流永远是我最热爱的东西。 站在一条河边，不管是黄河、长江，还是我家乡的汴水伊河，哪怕是地图上一条河流的标记，它们总能激活我心里沉睡着的一切创造的智慧和冲动。 河流在我心中的意象，就是一个人和世界对话的方式。 荒芜的河岸上一个听河的人，这是一个唯美的古典风景。

　　我想，"听"有时比"说"更重要。 对一切人而言都是如此，不论性别。 或许，从某种意义讲，"善于倾听"似乎更是女人与生俱来的才能。"倾听"在我心中是一个阴柔的、母性的字眼。 它使我想起一片辽阔的平原。 也许，女人不那么急于诉说的时候，我们精神的牧场就会多分宁静和坦荡的美丽。